Sale bourge

« La pensée n'est rien sans quelque chose qui force à penser, qui fait violence à la pensée. »

Gilles Deleuze, *Proust et les signes*

À la sortie du tribunal, les gestes d'amants et de réconfort ont disparu.

Je suis condamné à quatre mois de prison avec sursis pour violence conjugale, assortis d'une mise à l'épreuve de dix-huit mois et d'une injonction de soins.

J'ai trente-trois ans.

ENFANCE

(1983-1994)

Je suis assis dehors, dans le jardin, devant mon assiette. Ma mère est à côté de moi, bronzée, en maillot de bain. Nous sommes en vacances à Saint-Cast-le-Guildo, j'ai sept ans, nous avons quitté Versailles il y a quinze jours, il fait très chaud – des guêpes rôdent autour de nous.

Je ne veux pas manger mes carottes râpées – la vinaigrette est trop acide pour moi.

Les autres – mes cousins, les enfants de Françoise, la grande sœur de ma mère – sont déjà partis à la plage pour se baigner, faire du bateau, je reste là. Je dois terminer mon assiette mais je n'y parviens pas. Chaque fois que j'approche la fourchette de ma bouche, je sens un regard, une pression, et j'ai envie de tout recracher, de vomir. J'ai les larmes aux yeux mais ma mère ne veut pas céder. Chaque fois que je refuse d'avaler une bouchée ou que je recrache mes carottes râpées, elle me gifle. Une fois sur deux, elle me hurle dessus. Une gifle avec les cris, une gifle sans les cris. Au bout d'une demi-heure, elle me tire par les cheveux et m'écrase la tête dans mon assiette – j'ai déjà vu mon oncle faire ça avec l'un de mes cousins ; lorsque Geoffroy s'était relevé, il avait du sang sur le front, le coup avait brisé l'assiette.

Je sens la vinaigrette et les carottes râpées dans mes cheveux, sur mes paupières. J'ai envie de pleurer mais je me retiens. C'est la même chose que la semaine dernière lorsqu'elle m'a forcé à prendre mon comprimé de Clamoxyl avec quelques gorgées d'eau seulement. Je ne suis pas arrivé à le mettre dans ma bouche, *comme un grand*, je n'ai pas réussi à l'avaler, il est resté plusieurs fois coincé dans ma gorge et j'ai eu peur de mourir étranglé alors que ma mère me criait : « Tu vas l'avaler ! »

Mais ce jour-là, à Saint-Cast, je décide de résister. Je ne céderai pas. Et je tiens. Je résiste. Elle a beau me gifler, je serre les poings. Une heure passe, deux heures, trois heures, quatre heures. Je vais gagner. Mais vers dix-huit heures, en entendant les premières voitures revenir de la plage, je craque : l'idée que les autres puissent me voir encore à table m'est insoutenable. Je me soumets. Je finis mon assiette. Je mange mes carottes râpées et même si mon dégoût est immense, je ressens un soulagement car les autres ne verront pas la méchanceté ni la folie de ma mère.

Juste à côté de moi, je l'entends dire : « Eh bien, tu vois, quand tu veux. »

Quelques secondes après, elle ajoute : « Ça ne servait à rien de faire autant d'histoires. Il y a d'autres moyens d'attirer l'attention sur toi, tu sais, Pierre. »

Enfance

Le soir, elle vient me dire bonsoir dans mon lit. Elle me prend contre elle et me dit qu'elle m'aime. Je l'écoute, je la serre dans mes bras et lui réponds : « Moi aussi, je t'aime, maman. »

À Saint-Cast, toutes les familles ont une Peugeot 505 sept places. La même que celle des « Arabes » que nous croisons sur les aires d'autoroute. L'été, il y a autant d'enfants dans leurs voitures que dans les nôtres. Nous sommes des familles nombreuses.

À la plage de Pen Guen, les gens parlent de bateaux, de rugby, de propriétés, de messes et de camps scouts. Toute la journée, tout le temps. Personne ne parle de jeux vidéo ni de dessins animés. Tous les hommes portent un maillot de bain bleu foncé ou rouge. La plupart des femmes, un maillot de bain une pièce. Beaucoup d'entre elles ont des veines étranges sur les jambes ; ma sœur dit que ce sont des varices. Ma mère, elle, a les jambes fines et porte un maillot deux pièces. Elle a les cheveux courts et bouclés ; ils deviennent presque blonds pendant l'été.

L'après-midi, le soleil tape. Nous allons pêcher des crabes avec des épuisettes dans les rochers. Nous devons faire attention aux vipères. Le fils d'une amie

Enfance

d'enfance de Françoise est mort l'été dernier, mordu par une vipère dans les rochers près de Saint-Malo. Il avait neuf ans. Nous avons du mal à croire à cette histoire. Nous rêvons tous d'avoir des sandales en plastique qui vont dans l'eau pour aller dans les rochers, mais c'est interdit, ce n'est pas *distingué*.

Je soulève une pierre, les crevettes fusent. Les algues me dégoûtent. Mon cousin les prend à pleines mains et me les envoie dans le dos. Une bagarre commence. Je ne sais pas me battre. Puis Bénédicte, ma sœur cadette, vient nous chercher avec la fille aînée de Françoise ; ce sont toujours les filles qui nous disent l'heure à laquelle nous devons rentrer.

À la maison, nous mettons nos crabes dans la bassine bleue, celle qui sert à rincer nos maillots. Mais Françoise arrive et nous ordonne de jeter tout ça à la poubelle. Ce n'est pas l'heure de jouer de toute façon – nous devons mettre le couvert. « Dépêchez-vous ! » crie-t-elle.

Le dernier soir des vacances, nous allons acheter des glaces. Ma tante refuse que nous prenions un parfum qu'elle n'aime pas ou qu'elle juge trop *plouc*. Je trouve ça injuste. Elle me regarde droit dans les yeux : « Tu préfères peut-être passer tes vacances au centre aéré avec les Noirs et les Arabes de la cité Périchaux ? »

Ma mère m'attrape la main, elle me tire par le bras – elle me fait presque mal.

« Tu veux quel parfum ? »

Je ne sais pas si c'est un piège. Elle est très énervée. « Tu peux prendre ce que tu veux. » J'hésite entre Malabar et Schtroumpf. Je prends les deux et demande un cornet maison. Ma mère accepte. Lorsque je me tourne vers mes cousins, ma tante est furieuse ; elle remet son serre-tête.

Une heure plus tard, nous retrouvons des amis de ma tante et de mon oncle dans une autre maison. Une dizaine de personnes sont dans le jardin, assises autour de la table. Paul-François, debout, fait un sketch de Michel Leeb. « Dis donc, dis donc, ce ne sont pas mes luu-nettes, ce sont mes naaa-riiines ! » Il fait des grands gestes et mime le singe. Tout le monde éclate de rire et s'enthousiasme : Paul-François imite très bien l'accent noir.

Paul-Étienne, le fils de Paul-François (son grand-père s'appelle Paul-André — c'est ainsi, de génération en génération), qui a deux ans de plus que moi, raconte lui aussi beaucoup de blagues. « Quelle est la deuxième langue parlée à Marseille ? » Nous hésitons : « L'arabe ? » « Non ! s'écrie-t-il. Le français ! » Et il continue : « Un Américain, un Arabe et un Français sont dans un avion… Au milieu du vol, il y a une explosion. L'un des réacteurs ne fonctionne plus. Le pilote dit aux passagers de réduire le poids au maximum. L'Américain, aussitôt, jette des dollars et dit : "J'en ai plein dans mon pays." L'Arabe jette des barils de pétrole ; il en a plein dans son pays. Le Français, lui, tout d'un coup, jette l'Arabe par-dessus bord. L'Américain le regarde, très étonné. "Bah quoi,

Enfance

j'en ai plein dans mon pays !" lui répond le Français. » Paul-Étienne ne tient plus en place. Son visage rougit. Je l'observe. Il transpire tellement il rit.

Nous passons la fin de nos vacances en Bourgogne à Marnay, près de Cluny, dans la propriété appartenant à la famille de ma mère. Nous sommes invités à passer un après-midi dans le château des Saint-Antoine, à Dompierre-les-Ormes.

Sur le trajet se trouve Serrières, un village que ma mère déteste. Petite, elle y a vécu chez Georges, son oncle, les pires Noëls de sa vie. Elle nous parle de Claude, son cousin, le fils de Georges, qui s'est suicidé à dix-huit ans avec un fusil de chasse alors qu'il était en première année de médecine. Elle était très attachée à lui. Elle évoque ensuite son père, la seule figure gentille de son enfance. Il s'est marié avec bonne-maman, notre grand-mère, en mai 1939, quelques mois avant la guerre. Elle nous parle de la captivité de bon-papa, de l'attente de bonne-maman à Fontainebleau pendant près de cinq ans, puis de leur vie, à Lyon, rue Vauban. Elle se remémore son enfance, la couleur des murs, des tapis, ses premières années d'école à Sainte-Marie. Puis, soudain, elle

ENFANCE

parle de sa naissance. Elle n'aurait jamais dû survivre, nous explique-t-elle. Il n'y a qu'une infirmière qui a cru en elle, Annie, et qui l'a soignée pendant six mois à l'hôpital. Les médecins ont dit à notre grand-mère de ne pas venir trop souvent pour ne pas trop s'attacher. Notre grand-père était alors au Maroc pour un projet de chantier – il travaillait dans une entreprise de matériaux de construction, chez Lafarge. C'était quelqu'un d'extraordinaire, insiste-t-elle, il a toujours été de son côté, il lui manque beaucoup. Ils ont déménagé à Paris lorsqu'elle avait dix ans. Bonne-maman a écrasé bon-papa toute sa vie – elle a même refusé qu'il fasse de la photo pendant son temps libre, elle lui a interdit d'aménager une chambre noire dans le cagibi de l'appartement de la rue de Passy.

Elle avait quinze ans quand bon-papa est mort, nous rappelle-t-elle, comme chaque fois qu'elle nous parle de lui. Il avait quarante-sept ans. Une crise cardiaque. Je songe à la photo de lui tenant ma mère enfant sur ses genoux, posée sur la commode du salon dans notre appartement à Versailles. Ma mère a les larmes aux yeux. Je me dis que notre grand-père aurait pu nous protéger. J'ai de la peine pour elle. Nous arrivons au château des Saint-Antoine, à Dompierre-les-Ormes.

Lorsque nous passons la grille, elle pleure.

Au retour, dans la voiture, elle nous dit que plus tard, même si elle adore cette maison, c'est Françoise qui reprendra Marnay, que c'est comme ça.

À Marnay, lorsque mes cousins se disputent ou désobéissent, ma tante les frappe avec une cravache de dressage – elle fait entre un mètre vingt et un mètre cinquante. Ma mère, elle, pour nous frapper, utilise une cravache normale, une de celles que nous prenons lorsque nous montons à cheval au club hippique de La Chaume.

Tous les étés, à Marnay, nous invitons au moins trois fois le prêtre de la paroisse à déjeuner. C'est un privilège, peu de familles ont cette chance.

Dans le parc, mes cousins adorent faire des cabanes et des constructions. Ils ont en permanence un Opinel dans leur poche. Ils reviennent chaque fois les cheveux sales et les mains pleines de terre.

En moyenne, nous prenons un bain par semaine à Marnay. Nous avons les ongles noirs.

En comptant tous les enfants, et les amis de mon oncle et ma tante, nous sommes toujours entre vingt et vingt-cinq personnes dans la maison. Des activités mondaines sont organisées – tout le monde adore

Enfance

ça : tournois de tennis, soirées à l'Union de Bourgogne, randonnées, chasses au trésor, rallyes automobile à thème, etc.

Nous sommes tellement nombreux qu'il y a rarement assez de pain pour tout le monde au petit déjeuner. Tout ce qui est bon, cher ou en quantité limitée est réservé exclusivement aux adultes.

Mon père, lui, vient rarement à Marnay. Il préfère prendre ses jours de congé lorsque nous sommes à Beauchère, en Sologne, dans la propriété appartenant à la famille de sa mère. D'après lui, pour ma tante Françoise, Marnay est une obsession. Pour moi, tout est triste et ancien dans cette maison. Je n'aime pas les vacances dans ce lieu.

Le dimanche, à Versailles, après la messe, ma grand-mère maternelle, bonne-maman, vient déjeuner chez nous. Mon père l'attend sur le seuil et l'accueille toujours avec la même blague : « Bonjour, *ma mère*, vous me reconnaissez ? Hubert Desmercier, capitaine des sapeurs-pompiers de Versailles. »

Ma grand-mère rit. Mon père fait une courbette et lui baise la main. Elle retire son manteau.

Ma grand-mère est fière d'avoir autant de petits-enfants – *dix* –, avec seulement deux filles.

Quand elle entre dans le salon, elle fait souvent la même réflexion : « Franchement, votre parquet, je ne m'y fais pas. On a beau dire, le moderne, ça n'a pas le même cachet que l'ancien. Quand vous comparez avec celui de mon appartement, rue de Passy... »

Ma grand-mère porte toujours des chaussures à talons, des vêtements élégants et des boucles d'oreilles.

Après le repas, elle regarde mon père s'endormir sur le canapé. Elle l'admire. « Il travaille beaucoup votre père, vous savez, beaucoup », nous dit-elle. Puis elle nous répète inlassablement, comme tous les dimanches : « Les polytechniciens embauchent des polytechniciens ; les centraliens, des centraliens. Demandez à votre père (mais il dort, bonne-maman, il dort...), pour les écoles de commerce, c'est pareil : les HEC embauchent des HEC, et les ESSEC, des ESSEC. Que voulez-vous ? Alors oui, pendant deux ans, la prépa, c'est dur, mais après, on est tranquille toute sa vie ! »

Bonne-maman n'est jamais allée à l'école. Sa sœur aînée est morte de la tuberculose à deux ans. « À cause de *ça*, nous explique-t-elle, je n'ai jamais eu le droit d'aller à l'école ni de m'amuser, je n'ai jamais eu le droit de faire quoi que ce soit. Pas de patin à glace en hiver ! Pas de baignade en été ! Je n'avais le droit qu'à une seule chose : faire du piano ! Mon père ne disait rien. La seule fois où j'ai eu le malheur de jouer à tape-tape la balle, dans le dos de maman, la balle a glissé sur sa chaussure et je me suis reçu une de ces paires de claques ! La balle a effleuré sa chaussure, et vlan ! Je m'en souviens comme si c'était hier. J'ai eu la joue rouge pendant tout l'après-midi. Maman était furieuse. »

Elle remet ensuite ses boucles d'oreilles et se lève. Mon père l'attend dans l'entrée, les cheveux ébouriffés – il vient de finir sa sieste, il bâille, ses lunettes sont de travers.

Ma grand-mère continue – elle parle maintenant de bon-papa, notre grand-père : « Henri aurait dû faire une troisième année. S'il l'avait faite, il aurait eu Polytechnique. Ne pas avoir fait une troisième année, c'est l'erreur de sa vie, *l'erreur de sa vie*. Son frère, Georges, disait la même chose. Tout le monde disait la même chose. Il aurait dû faire une troisième année, Hubert. Il était fait pour Polytechnique. »

Mon père acquiesce. Ma mère s'agace : « Combien de fois, maman, je vous ai dit que je ne voulais plus vous entendre parler de Georges ! Vous ne pouvez pas vous en empêcher ? »

Ma grand-mère répond, cinglante : « Je crois qu'à mon âge, je n'ai plus d'ordre à recevoir. »

Quelques minutes après qu'elle est partie, mon père reproche à ma mère d'être excessive. Ma mère l'invective aussitôt, avec virulence : « Tu ne vas pas t'y mettre, toi aussi ! » Mon père lève les yeux au ciel. Elle le foudroie du regard. Mon père fulmine, il serre les dents. Elle prend son manteau et claque la porte de l'appartement.

Bénédicte, ma sœur cadette, qui a essayé de retenir ma mère, s'énerve contre mon père. « On ne doit pas parler de Georges devant maman ! Elle l'a déjà dit plein de fois ! » Mon père se met à tourner en rond, il respire bruyamment, son visage se contracte, il a des tics nerveux, ferme ses poings, puis, d'un coup, retenant son souffle, se rue vers le placard au fond du couloir où il range ses chaussures et commence à les trier frénétiquement. « Mais pourquoi j'ai épousé cette connasse... Elle est incapable de se contrôler ! » Il la traite ensuite de dégénérée et d'hystérique.

Enfance

Bénédicte attrape Augustin, notre petit frère âgé de trois ans, et l'emmène dans sa chambre. Élise, qui vient de naître, dort dans son berceau. Olivier, mon frère cadet, s'assoit dans le couloir et se met à pleurer. Mon père ne le voit pas. Je vais le consoler.

Lorsque ma mère revient, avec les yeux rouges et des gâteaux achetés à la boulangerie Durand – la seule ouverte le dimanche –, Bénédicte, Olivier et Augustin lui sautent au cou. Je reste dans ma chambre.

Le matin, la plupart du temps, c'est notre père qui nous emmène à l'école. Il salue toujours les mêmes personnes, habillées et coiffées comme lui, en costume-cravate. Il porte souvent un imperméable beige et des mocassins en cuir.

Notre mère nous accompagne parfois le jeudi lorsqu'elle a sa réunion à la paroisse, juste après, avec d'autres mères de famille.

Au petit déjeuner, elle est rarement énervée. Elle se lève plus tôt pour nous préparer des crêpes. Elle nous sourit. Dans l'entrée, elle aide Bénédicte à se recoiffer. Elle nous embrasse sur le front et dit qu'elle nous aime. Elle réconforte Olivier qui craint toujours que nous soyons en retard.

Depuis la naissance d'Élise, mes parents ont aménagé leur chambre dans l'ancienne salle à manger. Ils ont transformé l'une des deux salles de bains en chambre à coucher ; les lavabos ont été retirés, le carrelage a été recouvert de moquette, et une planche en bois a été posée sur la baignoire, avec un matelas dessus. C'est Bénédicte qui dort là. Je partage ma chambre avec Olivier, et Augustin la sienne avec Élise.

Sur le balcon trône un « congélateur coffre » de plusieurs centaines de litres pour éviter à ma mère, en plus des lessives quotidiennes, de faire les courses tous les jours.

Chez nous, il y a souvent de la vaisselle sale empilée dans l'évier, nos chambres sont presque toujours en désordre et la majorité de nos jouets sont cassés ou perdus. Madame Rosa vient le mardi, j'attends ce moment avec impatience. Elle borde nos lits, passe l'aspirateur et plie nos habits avec soin. Lorsque nous arrivons, elle finit de repasser, l'odeur de la vapeur et du linge propre me rassure.

Nous sommes au bord de la mer, près de Cabourg, à la Toussaint. Je vais bientôt avoir neuf ans. La fraîcheur de l'automne nous saisit. Ma mère court sur la plage, pieds nus. Nous jouons à l'épervier.

Ma mère est le chat. Très vite, je m'aperçois qu'elle fait exprès de ne pas nous attraper, qu'elle joue la comédie et feint de ne pas réussir à nous toucher. Je cours le plus rapidement possible, je veux l'impressionner et montrer aux autres que je peux vraiment gagner. Au bout d'une vingtaine de minutes, dans l'excitation, Augustin nous échappe et court tout habillé dans l'eau. Ma mère ne s'énerve pas, elle éclate de rire, elle semble presque fière de lui, elle se précipite pour aller le chercher. Nous rions sans retenue. Elle revient avec lui, en le portant dans les bras. Augustin sourit, ses cheveux très fins et blonds sont mouillés, il s'agrippe à elle, cherche à l'escalader. Nous les suivons tous jusqu'à la voiture ; ma mère le change. À un moment, alors qu'il tente de s'échapper, Olivier le rattrape et essaie de le porter, mais il n'est pas encore assez fort. Nous allons ensuite déjeuner. Notre mère nous invite dans une crêperie.

Après le repas, nous nous promenons dans le centre-ville. Ma mère offre un cerf-volant à Bénédicte. Puis nous retournons sur la plage. Le vent est puissant, la lumière presque blanche. Ma mère aide Bénédicte à monter le cerf-volant, elles en font durant une partie de l'après-midi avec Augustin. Olivier et moi, nous jouons plusieurs heures, près de la digue, au Débarquement. Au goûter, notre mère nous offre des gâteaux. Puis le jour tombe peu à peu.

Dans la voiture, au retour, ma mère met une cassette. Nous écoutons la musique, légèrement assoupis. Augustin dort dans son siège auto, la bouche entrouverte, un peu de chocolat séché autour des lèvres.

Nous passons récupérer Élise chez madame Rosa, à Vélizy-Villacoublay ; elle l'a gardée pendant notre séjour à Cabourg.

Lorsque nous arrivons dans l'appartement, à Versailles, notre père est là, il lit le journal, un verre de porto à la main. Il nous sourit. Il n'a pas préparé le dîner. Nous avons très faim.

Dans la cuisine, notre mère nous répète qu'elle est *fatiguée*. Elle le dit trois fois de suite, puis s'énerve contre Bénédicte qui a fait une faute d'orthographe. « Tu veux finir femme de ménage comme madame Rosa ! Tu es nulle ! s'exclame-t-elle. Tu ferais mieux de prendre exemple sur Pierre ou Olivier ! »

Lorsqu'elle est *épuisée*, notre mère crie encore plus fort et prend une corde à sauter pour nous punir. Nous courons alors le plus vite possible vers notre lit pour nous protéger avec la couette. Dans sa rage, elle ne voit pas que l'une des poignées, en bois ou en plastique, lui a échappé et qu'elle nous fouette directement avec. Nous avons mal au dos, au ventre, aux mollets.

Le week-end, quand notre mère nous frappe, notre père a toujours quelque chose à faire – descendre les poubelles, vider le lave-vaisselle, trier les papiers, jouer au tennis.

Souvent, alors que nous crions, il rêve devant la glace qu'il est en train de gagner Roland-Garros.

Le soir, parfois, après la prière, il nous demande d'être plus gentils et obéissants avec notre mère.

Un samedi matin, après le petit déjeuner, notre mère nous annonce qu'elle est enceinte d'un sixième enfant.

Elle pleure toute la journée.

Nous sommes inquiets. Je vais dans ma chambre. Je serre mon chapelet dans ma main et récite le plus vite possible des *Je vous salue Marie* pour que ma mère aille mieux et que les choses se passent bien.

Notre sœur Élise a dix mois, Augustin a quatre ans et demi, Olivier, sept, Bénédicte, neuf, et moi, dix. Mon père a quarante et un ans et ma mère trente-quatre.

Le dimanche qui suit, mon père s'amuse avec bonne-maman. Nous allons désormais bénéficier, à la SNCF, de la carte Familles nombreuses avec 75 % de réduction…

« Ça y est ! rit-il. Sylvie a battu sa grande sœur : 75 à 50 ! »

Bonne-maman rit.

Sale bourge

Au même moment, Olivier, concentré, compte sur ses doigts puis s'exclame : « Ça sera le onzième petit-enfant de bonne-maman, dis donc.

— Oh mais qu'il est mignon, celui-là ! s'enthousiasme-t-elle aussitôt. Je ne sais pas s'il sera aussi brillant que Pierre, mais qu'est-ce qu'il est gentil ! »

Je me demande s'il vaut mieux être gentil ou brillant.

À l'école Saint-Benoît, à Versailles, nous sommes plusieurs à faire partie d'une famille de cinq ou six enfants. Au club d'équitation ou dans les autres milieux, pourtant, les gens nous regardent toujours avec la même insistance, le même étonnement.

« Six enfants. »

« Mais c'est voulu ? »

« Vous êtes catholiques ? Intégristes ? »

« C'est pour les allocations familiales ? »

« *Six enfants.* »

« Ça n'existe pas la contraception chez vous ? »

Dès que mon père entend ces remarques, je vois qu'il est contrarié mais il se tait. À la maison il dit parfois à voix basse que notre mère n'est bonne qu'à se faire *engrosser*.

Ma mère, elle, utilise cet argument ou ce statut de famille nombreuse pour passer devant tout le monde. La plupart du temps, les gens sont gênés et ne disent rien. Quelquefois, certains sont agressifs. Dans ces moments-là, j'ai honte de nous.

Sale bourge

De même, quand nous sommes pressés ou en retard, il lui arrive de se garer sur une place de parking réservée aux handicapés. Lorsque nous lui disons que c'est interdit, elle nous répond : « Bien sûr que j'ai le droit, avec six enfants ! »

Le soir, dans mon lit, après la prière, j'ai de plus en plus souvent peur que Dieu ou la Sainte Vierge m'apparaisse. Depuis que j'ai vu des films sur Moïse et Bernadette Soubirous au catéchisme, j'ai peur d'être choisi ou élu. Je vais bientôt faire ma première communion ; on me parle déjà de la profession de foi et de la confirmation qui vont suivre.

Je me cache sous la couette et respire le moins possible, comme pour disparaître.

Un mercredi matin, Augustin dessine sur tous les murs du couloir avec mes feutres Velleda. Ma mère explose. Je lui réponds que ce n'est pas de ma faute, que je les avais bien rangés dans ma trousse. Elle me gifle. Pour la première fois de ma vie, je lui dis que je la déteste. Elle me saisit alors violemment par le bras et me traîne jusque dans l'entrée. Elle me pousse sur le palier et claque la porte de toutes ses forces. Les murs vibrent. Je suis encore en pyjama. D'un coup, ma révolte est sèche, je suis pétrifié.

Derrière la porte, j'entends Élise pleurer. Je panique. Chaque fois que l'ascenseur s'enclenche, je tremble de tout mon être. Et si quelqu'un me voit, en pyjama, dehors, comme ça... Des sanglots remplacent ma rage.

Et si quelqu'un arrive...

Cette idée me matraque. Je m'effondre. Je pleure intensément et m'allonge par terre, sur le paillasson rugueux. Ma peau s'irrite. Je me sens enfermé, comme si je ne pouvais plus bouger.

ENFANCE

Subitement, la sonnerie qui marque l'arrêt de l'ascenseur me fait tressaillir – les portes s'ouvrent.

C'est madame Décembre, du cinquième.

Nous sommes au troisième.

Elle apparaît.

Pendant quelques secondes, le temps s'arrête. Je ne sais plus où me mettre.

Elle me regarde, le visage inquiet, les yeux étonnés, j'ai la sensation qu'elle a aussi peur que moi et qu'elle marche sur la pointe des pieds. Dans un sursaut, je me demande si elle va prévenir la police. Je suis terrorisé. Je veux vite faire bonne figure. Dans les téléfilms, les enfants battus ont des bleus et saignent. Je me dis que je ne risque rien mais j'essuie précipitamment mes larmes.

« Ça va ? » me demande-t-elle, hésitante.

Je réponds d'une voix étouffée et craintive : « Oui. »

Puis elle ajoute : « Tu as un souci ? Qu'est-ce que tu fais là en pyjama ? »

Cette question tambourine en moi. J'ai peur de céder et de lui dire toute la vérité, mais je n'en ai pas le temps, ma mère ouvre déjà la porte d'entrée et me lance : « Mais qu'est-ce que tu fais là ? Je te cherche depuis dix minutes. »

Madame Décembre reste sans voix.

Ma mère me prend par le poignet : « Mais rentre, je te dis. » Elle regarde madame Décembre droit dans les yeux et l'interroge : « Vous avez besoin de quelque chose ? »

Après les vacances de février, Élise fait ses premiers pas en marchant vers moi dans le salon. Je suis très ému.

Le soir, en me brossant les dents, je me dis que c'est le plus beau jour de ma vie.

Lorsque je le confie à ma mère, avant de m'endormir, elle me prend dans ses bras et me murmure à l'oreille que je suis un merveilleux grand frère.

La lumière éteinte, je m'endors apaisé.

La semaine qui suit la naissance de Charles, pour les vacances de Pâques, je suis envoyé à Marnay, avec Bénédicte et Olivier, faire un stage d'équitation dans le club que nous connaissons bien, à La Chaume.

Jennifer est ma monitrice. Françoise et bonne-maman la détestent ; elles la trouvent *vulgaire*. Je l'aime beaucoup.

Un jour, vers le milieu du stage, je lui dis que j'aime bien Michel Sardou, elle éclate de rire. « Moi, je n'aime pas les gros cons de droite ! » Elle me serre ensuite dans ses bras et me frotte les cheveux. Elle sent la cigarette, le chewing-gum à la fraise et l'écurie.

À mon retour, lorsque je raconte cet épisode à ma mère, elle me répond : « C'est elle la conne. En plus, elle est gouine. »

Je me tais. Je ne parle pas de la cigarette Philip Morris que j'ai fumée avec elle le dernier jour du stage.

À la fin de mon année de CM1, j'obtiens le prix d'excellence, je suis le premier de la classe.

Pour me féliciter, ma mère décide de m'emmener dans une pizzéria près de la piscine, pas trop chère. J'ai envie d'une quatre-fromages, mais elle préfère que je prenne une Margherita. Je cède.

Pendant le repas, elle insiste : je suis fait pour les grandes études, elle le sent. Je ferai ma prépa à Ginette, comme son père. Ça l'émeut beaucoup, m'explique-t-elle. Puis elle continue : « Ginette, c'est encore plus dur qu'Henri-IV, il faudra vraiment s'accrocher. Maintenant, je te vois plus faire HEC que Polytechnique. Mais ce n'est pas plus mal. Les femmes préfèrent toujours les HEC aux polytechniciens ou aux ingénieurs en général. »

En l'écoutant, je me sens mal, j'ai chaud, je ne sais pas si c'est parce que j'ai mis trop de sauce piquante sur ma Margherita ou à cause de ce qu'elle me dit.

À la fin du repas, elle me prend la main et me dit qu'elle est très fière de moi, qu'elle est persuadée que

Enfance

je vais réussir, puis elle ajoute : « Il n'y a rien de pire, tu sais, dans la vie, que de se faire dicter ses choix ou marcher sur les pieds. »

En rentrant des louveteaux, un dimanche après-midi – trois semaines après ma rentrée en CM2 –, je croise des garçons de mon âge dans une rue près de la gare. Ils sont habillés en survêtement et jouent au foot sur la chaussée. Ils me regardent. Je déteste ma tenue : mon foulard blanc et rouge, mon béret bleu marine, mes chaussettes remontées jusqu'aux genoux, mon bermuda en velours, mon pull en laine.

Ils se font des passes d'un trottoir à l'autre. Chaque fois qu'une voiture s'engage dans la rue, elle klaxonne.

Ils m'interpellent. L'un d'eux me demande de lui prêter mon béret. Un autre veut savoir à quoi sert mon foulard. Ils se moquent de moi en arabe. Mon cœur explose. Je me mets à courir. Je sais ce qu'ils pensent des gens comme moi.

Nous sommes à table, c'est le dîner, mon père n'est pas encore rentré. Ma mère nous fait réviser les tables de multiplication. Augustin joue avec sa nourriture et renverse la carafe d'eau dans le plat. Ma mère, furieuse, l'attrape par les deux oreilles et essaie de le soulever. En le relâchant, elle le gifle des deux mains – sur les deux joues.

J'ai envie de me lever pour la retenir, mais je ne bouge pas. Augustin est rouge de rage et pleure. Il crie à ma mère que c'est une mauvaise mère, qu'il va faire ses bagages cette nuit et qu'il partira pendant que *personne le voira* !

Ma mère lui demande de sortir de table. Elle hurle deux fois plus fort que lui. Elle affirme qu'elle ne lui donnera plus à manger jusqu'à ce qu'il vienne lui demander pardon.

Augustin part dans sa chambre. Il revient dix minutes plus tard pour lui demander pardon. Mais elle répond : « Ce n'est pas comme ça qu'on dit pardon. »

Sale bourge

Il insiste : « Je te demande pardon, maman, *pardon*.

— Ça ne sert à rien de le dire si tu ne le penses pas, tu sais. »

Il retourne alors dans sa chambre en pleurant.

Nous sommes à Marnay, sur la terrasse, après le déjeuner. Ma mère explique que nous allons bientôt déménager à Ville-d'Avray dans un appartement plus grand et plus moderne.

À la rentrée, la décision a été prise, j'irai en sixième au collège privé non mixte Passy-Buzenval, à Rueil-Malmaison.

Je demande cet été-là qu'on arrête de me couper les cheveux en brosse et qu'on m'offre un ballon de basket pour mon anniversaire. Ma mère, poussée par Françoise, refuse. Le soir même, en compensation, elle me propose de m'endormir dans son lit. J'accepte. La semaine qui suit, je fais pipi dans mon lit deux soirs d'affilée. Françoise s'en réjouit, c'est la preuve que ma mère m'élève mal. Elle lui explique qu'il faut me remettre à ma place, qu'elle me fait trop de câlins.

Le lendemain, pendant le déjeuner, Françoise et bonne-maman parlent de Georges, qui vient de mourir. Son enterrement est prévu à l'église Saint-Philippe-du-Roule dans quelques jours. J'ai peur car je sais qu'il ne faut pas évoquer Georges devant ma mère. Elle se crispe et ne dit plus un mot jusqu'à la fin du repas.

Au moment du café, Françoise se permet une nouvelle réflexion sur son éducation, elle lui dit qu'elle ne peut plus se montrer aussi enfantine, qu'elle doit enfin devenir « mère », que ce n'est pas bon pour nous. Ma mère lui balance alors instantanément sa tasse de café à la figure et se met à lui hurler dessus. Françoise n'a pas le temps de réagir. Ma mère lui crie des choses terribles : sur elle, son éducation, sa violence, sur Christian, son mari, sur sa belle-famille, sur le fait que ce sont tous des fins de race, elle évoque le suicide de Claude – le fils de Georges –, elle parle d'homosexualité, elle crie que Quentin, mon cousin, le fils aîné de Françoise, a des airs efféminés. Puis elle part en claquant la porte de la salle à manger.

En entendant ce qu'elle vient de dire, Quentin sort de la maison. Lorsque je le retrouve, il est dans le jardin en train de casser du bois. Il pleure.

Une semaine plus tard, un bruit sourd me réveille, je me lève en plein milieu de la nuit. Ma mère est dans le couloir en train de se donner des coups de poing au visage. Françoise tente de la retenir et de la calmer. « Je ne vous pardonnerai jamais d'y être allée ! » crie-t-elle entre ses dents à bonne-maman. Ma grand-mère est piquée au vif, se rue sur ma mère et essaie d'attraper ses cheveux. Ma mère se débat.

ENFANCE

« Je vais me foutre en l'air ! » lâche-t-elle. Ma grand-mère la gifle violemment. « Sale vipère ! » hurle-t-elle. Françoise s'interpose, elle force ma mère à aller dans la salle de bains. Elle s'apprête à fermer la porte, mais ma grand-mère l'en empêche et entre. Elle referme la porte derrière elle. J'entends l'eau de la douche couler. Le jet s'arrête. J'entends de nouveau ma mère crier. Françoise ordonne à ma grand-mère de sortir. « Tout de suite ! » Mais bonne-maman reste et vocifère des injures. Ma mère pleure, je l'entends dire *papa, papa...*

Je suis derrière la porte. Lorsque bonne-maman sort, je tombe nez à nez avec elle. Elle me foudroie du regard. Je m'inquiète pour ma mère, mais je retourne dans ma chambre en courant, tétanisé.

ADOLESCENCE

(1994-2001)

Je suis en sixième au collège Passy-Buzenval.

À la fin de la récréation, les surveillants sifflent pour qu'on se mette en rang – on doit prendre *nos distances :* il doit y avoir un bras d'écart entre celui qui est à notre gauche et celui qui est à notre droite.

Monsieur Lallemand, surnommé « Hitler », est le chef de tous les surveillants à Passy-Buzenval. Il peut plaquer un élève contre un mur et lui donner un coup de pied devant tout le monde, sans aucune gêne ni retenue.

Le midi, lorsque les élèves de quatrième et de troisième sortent de cours, ils se ruent sur nous dans la queue de la cantine pour nous écraser et nous insulter. Ils se vengent de ce qu'ils ont subi les deux premières années.

Dans cet établissement, l'expérience la plus redoutée est la *bite au poteau.* On écrase contre le poteau du panier de basket le sexe d'un élève en le soulevant et en lui tirant les jambes le plus qu'on peut.

SALE BOURGE

En hiver, certains élèves bouchent volontairement les lavabos collectifs, très larges, et les remplissent d'eau froide. Ils prennent ensuite un sixième ou un cinquième au hasard et le mettent tout habillé dedans. L'élève passe le reste de la journée avec des habits trempés. Il grelotte, une fois sur deux il ne peut pas rentrer chez lui car il n'a pas l'accord express de ses parents.

Les redoublants aiment aussi jouer à la *chasse à l'homme*. Ils désignent un élève puis se mettent à courir après lui : le but est de le coincer contre un mur ou dans un angle de la cour et de le « matraquer ». Une fois qu'il est bloqué et pris au piège, ils se lâchent et lui envoient le plus violemment possible des ballons de foot et de basket sur tout le corps, en shootant dedans avec le pied ou en les lançant avec les mains ; le tir a plus de puissance avec le pied, mais il est plus précis avec les mains.

Un jour, un élève de cinquième, Basile, perd une dent ; Frémeaux, lui, se casse un bras en voulant éviter un shoot. Il est très fréquent que l'élève pourchassé finisse par saigner du nez.

Après les vacances de Noël, avec mes amis Baptiste, Jean-Eudes, Henri, Nicolas et Étienne, nous inventons un nouveau jeu à l'heure du déjeuner : *se rejeter*. À la sortie de la cantine, il faut s'esquiver et partir se cacher. Le dernier à quitter le réfectoire cherche alors les autres pendant tout le reste de la pause déjeuner. Ce qui est « drôle », c'est d'observer

ADOLESCENCE

la tête de celui qui cherche. Et puis, un midi, Jean-Eudes propose d'ajouter une règle : avant de retourner en cours, « canarder » celui qui s'est fait rejeter avec des pots de yaourt piqués à la cantine. Lorsque le pot arrive sur l'épaule ou le visage, on a mal et on se sent humilié.

Ce jeu dure jusqu'à la fin de l'année scolaire.

Une fois, le yaourt, en s'écrasant sur une table de ping-pong, gicle sur la veste neuve de Baptiste ; il craque et se met à pleurer devant tout le monde.

Nous sommes mercredi après-midi. Je rentre du collège. Bonne-maman, dans le salon, demande à Bénédicte d'attacher ses cheveux ; ma sœur hausse les épaules.

« Mais c'est qu'elle est insolente, cette garce ! » s'énerve ma grand-mère. Puis elle crie vers ma mère : « Sylvie ! Ta fille aînée se comporte comme une putain, mais ça n'a pas l'air de la gêner, mais alors pas du tout ! »

Ma mère surgit de la cuisine avec Charles dans les bras et rétorque : « Maman, si c'est pour dire des conneries pareilles, vous dégagez tout de suite de chez moi ! » Elle se tourne ensuite vers Bénédicte et lui lance sèchement : « Et toi, attache-moi tout de suite ces cheveux. Tout de suite, j'ai dit !

— Les hommes, ça fait quand même beaucoup moins d'histoires que les femmes », conclut ma grand-mère.

Trois heures plus tard, dans l'entrée, au moment de s'en aller, elle me prend à partie : « Mais le pire

Adolescence

de tout, je vais te dire, mon enfant : c'est le divorce et le travail des femmes ! C'est le mal de notre époque, c'est ce qui ronge notre société, avec le sida ! »

À la sortie de Passy-Buzenval, une fin d'après-midi, en cinquième, Boris, un redoublant qui agresse violemment des élèves sans raison pendant les récréations, se dirige vers moi. Je suis à l'arrêt de bus, sans amis. J'ai peur.

Ma mère anime depuis quelques semaines des groupes de catéchisme à Passy-Buzenval en vue de préparer notre profession de foi. Boris est dans l'un de ses groupes. Il commence à me parler d'elle, de ses vêtements, ses foulards, sa coiffure, il se moque de ses airs de grosse catho, il ricane, puis d'un coup, devant tout le monde, il dit : « Elle doit avoir la chatte bien large quand même, ta mère, après avoir fait six enfants. »

Je ne réponds pas. Des élèves rient. Boris se tourne vers eux. Il ricane plus fort, puis me regarde de nouveau et me dit, plus sérieusement : « Elle a de gros nichons en tout cas ta mère : bien juteux, là, bien pulpeux. »

Adolescence

Il fait alors un bruit avec sa bouche et sa salive puis mime qu'il palpe les seins de ma mère : « Ils sont pleins de lait, dis-moi. »

Il avance ensuite la tête comme s'il fourrait son nez entre les seins de ma mère et qu'il les compressait sur son visage, puis s'arrête et dit : « Oh, la branlette espagnole, là, entre les nichons de ta mère... Putain... Elle est bonne... »

Les autres, derrière, rient toujours.

Il fait alors semblant de prendre son sexe dans la main et de se branler au-dessus des seins de ma mère. Il finit par mimer une éjaculation dans un râle qui m'est impossible à supporter. À ce moment-là, j'ai honte de tout ce que je suis. J'ai envie de pleurer.

Nous sommes dans le salon, à Ville-d'Avray, Françoise est vêtue d'une longue jupe bleu marine et d'un foulard imitation Hermès. Elle raconte à tout le monde que la semaine dernière, Quentin, son aîné, a taillardé avec son Opinel le pouce de Geoffroy, son petit frère, lors d'une dispute. Geoffroy a eu plusieurs points de suture, elle en rit.

C'est le jour de ma profession de foi.

Parmi les invités, il y a Hervé, le meilleur ami de mon grand-père maternel. Ils ont fait leur prépa à Ginette ensemble. Hervé est centralien. Mon père m'appelle. Il veut me présenter Thibault de Gassin, son cousin germain, qui a récemment publié un livre sur la chasse à courre. Je lui serre la main, je suis mal à l'aise. Son père, Édouard de Gassin, était un *collabo*, m'a dit un jour ma mère. Il a travaillé pour le gouvernement de Laval. C'était le parrain de mon père. Il est mort l'année de ma naissance. Je sais que mon père l'aimait beaucoup.

ADOLESCENCE

Vers quatorze heures, je m'éclipse dans ma chambre avec mes cousins. Je leur montre avec fierté la cassette de l'album de Guns N'Roses : *Appetite for Destruction*. Quentin ricane ; Geoffroy, lui, me parle de l'album des Red Hot Chili Peppers : *Blood Sugar Sex Magik*. Quentin lui dit tout de suite : « C'est un groupe de pédés. » Geoffroy s'étonne. Quentin s'énerve : « Tu veux que je te montre la pochette ? Ils se roulent des pelles dessus, je te dis ! »

Le soir, je demande à mon père pourquoi grand-père et mamie, ses parents, ne sont pas venus à ma profession de foi. Il m'explique que venir de Nice était trop compliqué pour mon grand-père, du fait de son cancer. Depuis cinq ans, nous ne voyons presque plus jamais nos grands-parents paternels et n'allons plus à Beauchère. Ma mère dit que c'est à cause de notre père ; notre père dit que c'est à cause de notre mère.

À l'heure de la cantine, Baptiste et Jean-Eudes imitent des films porno. Ils le font dans les toilettes ou dans les couloirs, plus ou moins devant les autres élèves qui explosent de rire ou quittent les lieux. Benjamin soulève sa jambe, Jean-Eudes arrive par-derrière et fait mine de le sodomiser. Les bruitages vont avec. Jean-Eudes adore aussi imiter le bruit des testicules qui cognent contre le corps des *meufs*. Ploc, ploc, ploc. Et il ajoute : « Tu aimes ça, ma salope, hein, tu aimes ça. »

Ça dure près d'une heure ; je me demande souvent si c'est normal et qui est la salope de qui.

Au début de l'été 1996, chez Baptiste, je regarde *Face Dance* avec Rocco Siffredi. Les filles n'ont pas de poils, elles ont de faux ongles, on voit des points rouges autour des lèvres de leur sexe à cause de l'épilation. Je suis dégoûté.

Le lendemain, ma mère s'énerve contre Charles qui, à trois ans, n'arrive toujours pas à être propre.

Adolescence

Elle lui crie dessus et lui met la tête dans son pipi pour qu'il comprenne.

Le soir, je me masturbe en regardant les pages d'un magazine féminin où l'on voit des femmes qui posent en lingerie noire. Je pense malgré moi aux images de *Face Dance*. Mon excitation est vive.

Nous sommes à Beauchère, en Sologne, pour l'enterrement de notre grand-père paternel.

Le soir, alors que nous sommes au lit, une dispute éclate. Philippe, le frère cadet de mon père, et sa femme Adeline sont là, avec mes parents. Mamie aussi. Les cris de ma mère et d'Adeline sont terrifiants. Je ne sais pas ce qui se passe. J'ai envie de descendre.

Le lendemain, ma mère n'est plus là. Mon père ne nous dit rien. Nous voulons comprendre.

Ma mère passe ses journées dans les bois. Bénédicte et Olivier lui apportent de la nourriture en cachette. Elle rentre seulement le soir pour dormir.

Mon père n'intervient pas ; il reste avec sa mère et son frère. Dans la cuisine et la salle à manger, je les entends critiquer ma mère, ils la traitent de folle, ils disent qu'elle n'a pas fait le deuil de son père, ils parlent d'internement, de dépression larvée.

La nuit, dans mon lit, j'ai peur que ma mère se suicide. Je serre très fort mon oreiller dans mes bras.

Ma mère est rentrée en train avant nous.

Lorsque nous la retrouvons à Ville-d'Avray, elle nous dit qu'elle veut changer, qu'elle a décidé d'arrêter de taper les petits et qu'elle veut devenir la mère qu'elle a envie d'être. Sa gorge se serre lorsqu'elle prononce ces mots.

Olivier la regarde, inquiet : « Vous allez divorcer avec papa ? »

Elle ne répond pas.

Pour ma rentrée en troisième, je demande en remplacement de mes cadeaux d'anniversaire et de Noël des chaussures Timberland.
Ma mère accepte.
Nous sommes à un repas familial chez mes cousins, rue Lecourbe, dans le quinzième arrondissement. Les parquets grincent et les moulures sont imposantes. Il n'y a que des meubles et des tapis anciens dans l'appartement.
Ma mère est en train d'aider ma tante à ranger l'argenterie dans le buffet de la salle à manger. Françoise explose : « Huit cents francs pour une paire de pompes ! Tu te rends comptes ! Huit cents francs ! »
Ma mère ne répond pas, elle continue de ranger. Je suis content qu'elle résiste à Françoise.

Charles est dans sa chambre. Il crie. J'accours. Il vient de se disputer avec Augustin. Bénédicte est à côté de moi. On demande à Augustin de sortir et à Charles de se calmer, mais il prend une corde à sauter et se la passe autour du cou.

« Si vous approchez, je me tue ! » s'égosille-t-il.

Ma mère est avec Olivier et Élise au Haras de Jardy, et mon père est parti faire un footing.

Charles a cinq ans. Nous essayons de le réconforter. Nous le prenons dans nos bras, nous lui promettons un bonbon ou une glace. Bénédicte parvient à l'apaiser. On l'installe devant un dessin animé.

Je retourne dans ma chambre. Je m'allonge sur mon lit. Pour me changer les idées, je pense à mon club d'équitation. Sans trop me l'avouer, je suis en train de tomber amoureux de Laura. Elle a deux ans de plus que moi, des oreilles percées et se maquille déjà.

Ma mère la traite souvent de pute.

À la fin du repas, ma mère explique qu'elle ne supporte plus l'ambiance du privé et qu'elle trouve les frais de scolarité de Passy-Buzenval trop élevés. Elle a pris la décision de me mettre l'année prochaine en seconde au lycée Florent-Schmitt, à Saint-Cloud. Je suis heureux.

Nous sommes en février. Bonne-maman et Françoise sont là, dans le salon. Ma grand-mère éclate : « Mais le public, ma pauvre Sylvie, c'est la porte ouverte à tout ! »

Françoise est haineuse : « Tu veux en faire un drogué, c'est ça ? »

C'est le soir. Je suis dans ma chambre, allongé sur mon lit, les cheveux décoiffés. J'écoute le dernier album de Jamiroquai ; je n'aime pas cette musique, mais Baptiste et Jean-Eudes l'aiment beaucoup.

Au club d'équitation, Laura a couché avec Julien et Franck. Dans le manège, Julien nous a raconté comment il l'avait « doigtée » au concours hippique d'Annecy, dans la chambre d'hôtel, alors qu'elle avait ses règles.

Le soir, je prends un mouchoir sur ma table de nuit pour essuyer mon ventre alors que je viens de jouir. Je suis seul, dans le noir.

Au réveil, je remets les mêmes habits que la veille, mes cheveux sont sales.

Je vais au collège. À la récréation de dix heures, Paul, l'un des meilleurs amis de Boris, roule un joint derrière la chapelle du collège. Nous venons de sortir du cours de sport. Il fait encore froid. La braise s'allume. Je suis avec Baptiste. La fumée envahit ma gorge pour la première fois. Je me sens bien.

Sale bourge

Le lendemain, à la même heure, on recommence. À l'heure du déjeuner aussi, ainsi que le soir en sortant des cours.

Tous les jours, on recommence – jusqu'à la fin de l'année.

Au mois de juin 1998, je passe le brevet.

Juste après, nous allons, Baptiste et moi, sur la côte basque, à Anglet, chez un ami de son grand frère. C'est le début des vacances.

L'océan frappe la grève, les plages sont magnifiques. Ce sont des vacances de rêve. On boit et on fume tous les jours.

La nuit, dans mon lit, je ferme les yeux et j'écoute de la musique. Le réel est plus lent, plus doux, plus vif.

À la rentrée, je serai au lycée public Florent-Schmitt, à Saint-Cloud.

Deux mois après la rentrée, un mercredi soir, ma mère soulève ma couette.

« Lève-toi ! » crie-t-elle.

Il est vingt-trois heures passées. J'ai bu la moitié d'une bouteille de whisky dans ma chambre et fumé deux joints. Je n'arrive pas à me lever, je suis trop ivre, comme la veille – comme presque un jour sur deux depuis la rentrée.

Augustin, Charles et Élise sortent de leur chambre en pyjama. Ma mère leur ordonne de retourner dans leur lit.

Elle vient de fouiller dans le placard de l'entrée, là où je range ma housse de raquette de tennis, et elle y a trouvé un sachet d'herbe. Elle me le jette au visage. Je ricane, à demi conscient. Elle a envie de me gifler, elle se retient, elle est bouleversée. En s'approchant de moi, elle se rend compte que je pue l'alcool. Elle court vider le sachet d'herbe dans la cuvette des toilettes et tire la chasse d'eau.

ADOLESCENCE

Elle revient dans ma chambre, balaie d'un geste tout ce qu'il y a sur mon bureau, puis déchire les posters au-dessus de mon lit.

Je n'arrive toujours pas à me lever, ma tête tourne, j'ai la nausée.

L'air est gris. Je marche en direction de la gare de Ville-d'Avray. Il pleut. Ma mère est derrière moi, en voiture, elle me suit. Elle croit que je ne la vois pas. Au feu rouge, elle se baisse précipitamment pour cacher sa tête sous le volant.

Comment peut-elle croire que je ne vais pas reconnaître sa voiture, ni la plaque d'immatriculation ?

Je fais comme si je ne la voyais pas.

À la maison, elle fouille mes affaires, ma chambre, mon lit, mes placards. Son angoisse n'a pas de limites. Je lui dis qu'elle n'a pas le droit de violer mon intimité. Elle me répond que c'est moi qui l'ai cherché et que mon père est d'accord avec elle : on ne peut pas me faire confiance. Françoise avait raison, insiste-t-elle. Grâce à elle et à son « réseau de cathos, comme tu dis », fait ma mère en m'imitant avec dédain, on m'a trouvé une place au lycée Notre-Dame-des-Oiseaux dans le seizième arrondissement à Paris. Je vais changer de lycée en cours d'année, après les vacances de la Toussaint.

Adolescence

Je n'ai plus le droit de voir mes amis, à part Baptiste, et seulement à la maison. Je n'ai plus le droit de sortir.

Au-delà de sa panique, ma mère semble presque heureuse que j'aie fauté, de retrouver tout son pouvoir, son rôle de « mère ».

Un matin, ma sœur Élise vient me voir. Il est tôt, je suis encore dans mon lit. Elle me demande, inquiète – elle a huit ans : « C'est vrai, Pierre, que tu te drogues ? »

Puis elle ajoute : « Et à la soirée à Marnay, cet été, tu te souviens quand tu étais soûl et que tu as dit enculé à papa devant tout le monde ? »

Je suis mal à l'aise. Je lui réponds : « Oui, je m'en souviens, c'était une bêtise, je n'ai pas fait exprès, je le regrette. »

C'est le baptême de Béranger, le premier enfant de ma cousine Géraldine – elle a vingt-deux ans. Après la messe, nous nous retrouvons tous, rue Lecourbe, chez Françoise.

Il y a une quarantaine d'invités. Autour de moi, tout le monde sait pourquoi j'ai changé de lycée ; je suis à leurs yeux un *drogué* – j'entends leurs commentaires, leurs réflexions : ma mère n'aurait jamais dû accepter que je porte des habits de marque, j'ai mal tourné, je suis trop influençable. Mon frère Charles est à côté de moi, il me donne la main, il a sept ans ; Augustin, qui va avoir dix ans, est avec nous. Bénédicte est avec Olivier et Élise.

Il est onze heures trente. Je prends une coupe de crémant, puis une deuxième et un verre de whisky. Charles part jouer avec des enfants de son âge, Augustin va dans la chambre de l'un de nos cousins.

Je continue à boire.

Mon père est joyeux. Je l'entends faire des blagues. Il a légèrement bu. Je suis ivre.

Sale bourge

Ma mère est dans la salle à manger. Elle discute avec d'autres mères de famille : elles parlent de leurs prochaines vacances, de leurs belles-mères, des différentes propriétés que chacun doit entretenir, des problèmes d'argent, des successions et des prochaines soirées de rallye de leurs filles.

À quinze heures, mon père me donne les clés de la voiture. J'ai commencé la conduite accompagnée. Je monte dans la voiture et prends le volant. Je suis toujours ivre. J'ai l'impression que ma vue est altérée – que la réalité m'échappe. Je tourne dans une rue à droite, à gauche, je sillonne avec difficulté entre les voitures. Un quart d'heure après, nous entrons sur le périphérique. Mon père dort. Je le regarde : il est en train de ronfler, la tête en arrière et la bouche entrouverte. Derrière, trois de mes frères et sœurs sont là ; les autres sont avec ma mère dans l'autre voiture.

Le trafic est dense sur le périphérique. Louise Attaque, le groupe préféré de tous les catholiques et scouts de France, passe à la radio. Je secoue la tête. Je tiens le volant le plus fermement possible pour essayer de me réveiller. Les enfants à l'arrière font du bruit. Je ne sais pas s'ils se disputent ou s'ils chahutent. Je n'ai aucun repère. Seul le volant est là, solide. Je m'y agrippe, je m'efforce de ne pas le lâcher, de ne pas foutre la voiture en l'air. Je m'y accroche. Tout le monde doit rester vivant.

En fin d'année de première, mes résultats scolaires sont très satisfaisants. Pour tout le monde, c'est la preuve que je ne fume plus. L'équipe pédagogique des Oiseaux se félicite, ils m'ont remis sur le droit chemin. Je fais partie des élèves susceptibles d'intégrer une classe préparatoire après le bac. Le lycée Notre-Dame-des-Oiseaux en a jusqu'ici très peu envoyé car c'est un établissement qui était historiquement réservé aux filles.

Au vu de mes résultats scolaires – qui enchantent mon père, d'après ce qu'il me dit les rares fois où nous parlons plus de deux minutes ensemble –, ma mère accepte de me redonner un peu d'autonomie et fixe de nouvelles règles : j'ai le droit de sortir deux samedis par mois – à condition qu'elle vienne me chercher pour vérifier mon haleine et l'état de mes pupilles.

Au début de mon année de terminale, je rencontre Astrid.

Lorsque ma mère l'apprend, elle me dit de me méfier d'elle comme de *la peste*.

Des amis proches de mes parents, en Bourgogne – les Valcrand et les Duren –, connaissent très bien la famille de la mère d'Astrid, qui possède une propriété près de Vézelay. Et ils sont sans équivoque : c'est une famille à problèmes, malsaine, avec des troubles psychiatriques.

Ma mère le répète : « Elle n'est pas nette, cette fille. Ça se voit tout de suite – je le sens. »

Je suis en Sologne, à Beauchère, pour les vacances de la Toussaint. La façade et le toit de la propriété viennent d'être refaits.

La maison est pleine. Mon père a invité beaucoup d'amis. Je suis dans ma chambre, le ciel est sombre dehors, je viens de fumer un joint.

Ma mère n'est pas là.

J'aimerais descendre m'effondrer dans les bras de mon père, mais ce n'est pas possible. Il y a de l'agitation. Tout le monde se prépare pour faire une balade. Je ressens un manque immense. Les enfants s'excitent, rient. Ils se répartissent dans plusieurs voitures. Je vois par la fenêtre un ami de mes parents donner une claque à l'un de ses fils parce qu'il n'a pas obéi assez vite.

Je pense à ma grand-mère paternelle, à certains après-midi passés à jouer aux cartes avec elle dans cette maison, à son regard, ses absences, comme si les gens autour d'elle n'étaient pas là, comme s'il lui était plus facile d'être en contact avec les absents. J'ai toujours eu l'impression d'être un mendiant face à elle. Comme avec mon père. Une fois sur deux, lorsqu'il s'adresse à moi, il m'appelle Philippe – le prénom de son frère. Pourquoi ?

J'entends les voitures démarrer. Ils sont tous partis. Seule Bénédicte est restée à la maison.

Je me lève, je vais dans la cuisine, je ne sais pas quoi faire. Je sors. Je marche un peu – l'air frais ne change rien, j'ai envie de fuir, je retourne dans la cuisine prendre les clés de la Clio. Mon père a pris la 806. Je démarre. Je roule dans l'allée. Les sapins défilent lentement de chaque côté. Je franchis la barrière blanche. Je suis sur la route. L'idée de croiser les gendarmes sans avoir mon permis de conduire m'effleure à peine. Je me regarde dans le rétroviseur et j'accélère. Je reste en troisième. Il y a beaucoup de tournants. J'accélère encore : 80, 90, 100, 110… La voiture crisse dans les virages. Je ne pense plus à rien, je me concentre sur la route. Le goudron m'attire. Je roule de plus en plus vite. Je ferme les yeux et je compte dans ma tête : un, deux, trois, quatre, cinq… Essaie de tenir jusqu'à dix cette fois… Et resserre tes virages. Je referme les yeux, puis les ouvre de nouveau. Un, deux, trois, quatre, cinq, six… À chaque tournant, c'est la roulette russe.

Une R5 Turbo 2 tunée apparaît. Un jeune homme, en face, roule aussi vite que moi. Je suis en train de partir dans le décor. Je visualise la scène : ma tête en sang, écrasée sur le volant de la voiture renversée dans le fossé, mes parents qui arrivent sur

ADOLESCENCE

les lieux – leurs regards, leurs cris, l'horreur. Et puis sur la route, la vraie, dans un geste instinctif, au lieu de freiner pour tenter de stopper le carnage, j'accélère à fond et braque dans la direction opposée. Ma voiture traverse la route et je me retrouve à rouler dans les herbes hautes d'un champ pendant une centaire de mètres. Ma vie est sauve.

Je rentre quinze minutes plus tard.

Bénédicte, en me voyant revenir au volant de la voiture entièrement verdâtre, sort de la cuisine.

« Qu'est-ce qui s'est passé ? »

Je suis assis avec Astrid dans un café, rue Michel-Ange, à une centaine de mètres du lycée Notre-Dame-des-Oiseaux. Il est dix-neuf heures passées. Les vacances de Noël approchent. Il fait froid.

Astrid me sourit. Elle me raconte que l'un de ses oncles a été professeur de philosophie à la Sorbonne, que sa grande sœur fait une prépa littéraire. C'est la première fois que j'entends les mots : hypokhâgne, khâgne. Elle me parle ensuite de son père. Il vient de Bretagne. Pour la famille de sa mère, c'est un paysan, il n'a jamais rien lu, il est pharmacien.

Beaucoup d'élèves aux Oiseaux disent qu'Astrid est sous antidépresseurs.

Elle rigole.

Pendant les vacances de la Toussaint, à l'île d'Yeu, elle est sortie avec un mec, le fils d'un politique très connu. Il est à Franklin, il s'appelle Louis, il fait du violon, il est très beau, marin, sportif.

Je ne sais pas si elle dit la vérité.

Adolescence

Elle me dit qu'elle est persuadée que je ne suis pas comme les autres. Puis elle me raconte que sa mère, après la naissance de son petit frère, a sombré dans la dépression, vers trente-cinq ans. Elle a fait trois tentatives de suicide par la suite. Astrid se souvient parfaitement de la première tentative : les sirènes de l'ambulance, les urgences, la nounou en larmes, son petit frère qui hurle. J'ai envie de l'embrasser, je m'approche d'elle, je ne sais pas si elle est belle.

Je m'arrête dans mon mouvement, je me retiens, je lui parle de ma sortie en voiture à Beauchère. Elle ne dit rien. Elle pense que ma mère, même si elle a l'air gentille et qu'elle fait des efforts, a un vrai problème, qu'il faut qu'elle se soigne, que ça ne passera pas comme ça. Elle pense que nous deux, on appartient au clan des tarés.

En terminale, la philosophie est la seule matière qui m'intéresse.

Mais je n'ose pas m'imaginer devenir *professeur de philosophie*.

Je pense de plus en plus souvent à Astrid. Je n'arrive pas à savoir si elle me plaît.

Ma mère a pris rendez-vous avec le directeur de Ginette pour lui soumettre mon dossier. Je ne dis rien. Je ne comprends pas comment elle a pu obtenir cette entrevue, mais je la suis.

Mon père, je crois, n'est pas au courant de ce rendez-vous. J'ai déjà expliqué à ma mère que je ne voulais pas aller dans cette prépa, à Versailles. Je ne veux pas être pensionnaire, ni intégrer un établissement trop élitiste.

Ma mère est au volant, nous nous dirigeons vers la ville de mon enfance, en silence. Elle espère profondément que cet entretien va me faire changer d'avis. Elle y croit encore.

La gêne que j'éprouve lorsque nous entrons dans le bureau du directeur m'assaille avec dureté.

Ma mère parle. C'est elle qui passe un entretien. Elle mentionne son père. L'homme qui est en face de nous la regarde à peine, ne dit pas un mot.

Au bout de vingt minutes, sa conclusion est lapidaire : il me manque un point de moyenne générale pour être sur leur liste. Ils ne retiennent que les élèves prédestinés à la mention très bien au bac.

À la sortie du rendez-vous, ma mère est éreintée, ses joues sont rouges, elle est sans voix. J'ai l'impression qu'elle va pleurer. J'ai envie de lui prendre la main mais je ne le fais pas.

Nous rentrons à la maison.

J'ai eu mon baccalauréat avec mention bien. En vue de la prépa HEC que je vais intégrer à Janson-de-Sailly (qui correspondait mieux à ma moyenne) en septembre prochain, mes parents m'ont loué un studio en bas de chez eux pour que je puisse étudier tranquillement. Ils ne veulent pas encore que j'habite seul dans Paris. Nous sommes au mois de juillet.

Le soir même, en plein repas, Olivier perd connaissance, sa tête bascule en arrière. Mon père se précipite vers lui.

Ma grand-mère dit qu'il est de plus en plus maigre. Ça fait plusieurs semaines que je ne le vois pas manger.

Je suis dans mon studio avec Astrid. Nous sommes sur le lit, nous nous embrassons. Je lui ai proposé de dormir chez moi ce soir. Ses parents ne sont pas là ce week-end et sa grande sœur va la « couvrir », si elle rentre tôt demain matin, afin que son petit frère ne se rende compte de rien.

La lumière est éteinte, nous sommes dans le noir, nous faisons l'amour. Je sens sa peau sur mon corps, sa douceur. Des décharges m'enveloppent, j'ai l'impression de vivre. Mon sexe la pénètre, mes bras et mon être tout entier sont fébriles, je ne sais pas si elle a mal. Elle gémit un peu. J'ai la sensation que nous nous libérons, qu'il n'y a plus aucun danger.

Nous n'avons pas de préservatifs. Je jouis en dehors d'elle, maladroitement, sur mes draps. J'ai peur de ne pas avoir été assez doux, mais l'intensité est là, elle me transporte.

Le lendemain, au réveil, je vais avec elle au local à vélos. Elle doit rentrer avant sept heures et demie pour être sûre que son petit frère ne se soit pas levé avant son retour. Je ne sais pas si on peut considérer que nous avons vraiment fait l'amour puisque je n'ai pas joui en elle.

Et puis, d'un coup, Astrid me regarde avec effroi. « Mais putain, qu'est-ce que c'est que ce bordel ? » dit-elle. Je ne comprends pas tout de suite. Elle me montre alors la roue arrière de sa mobylette. Je comprends que ma mère l'a volontairement attachée avec une chaîne pendant la nuit. Astrid ne peut plus partir. « Mais elle est complètement barge, souffle-t-elle. Comment on va faire ?

— Je vais appeler ma sœur sur son portable », lui dis-je.

Mais il est sept heures du matin, je tombe directement sur son répondeur. Je réfléchis un instant, puis demande à Astrid de m'attendre là cinq minutes.

Dans l'ascenseur, ma gorge est sèche. L'angoisse et la rage que j'éprouve sont immenses. Je vois des images de ma mère décoiffée, hurlant de toutes ses forces ; j'ai envie de la saisir par le cou ; ces images m'obsèdent, j'ai peur d'y céder, de l'injurier en ouvrant la porte, de détruire quelque chose.

Mais je me retiens.

J'entre. Ma mère est dans le salon, enveloppée dans un drap, assise sur le canapé, recroquevillée. J'ai l'impression qu'elle n'a pas dormi de la nuit. Elle me regarde avec une détresse qui me paralyse. Les clés du cadenas sont dans sa main, près de sa bouche. J'ai la sensation qu'elle pourrait les ronger ou les sucer.

Sale bourge

Au fond de moi, je me jure que je ne serai plus jamais le même, que je ne la laisserai plus jamais piétiner ma vie, ni s'en emparer. J'ai envie de lui mettre une énorme gifle pour marquer le coup, pour la réveiller, mais tout le monde dort et une partie de moi, inexorablement, reste servile – pour *la famille*.

Je m'approche d'elle. Je la fixe droit dans les yeux, pèse mes mots et lui dis sèchement : « Donne-moi les clés, maintenant. »

Elle ne répond rien. La culpabilité qui se lit dans ses yeux est abominable.

Je répète : « Donne-les-moi, *tout de suite.* »

Elle me les tend et se met aussitôt à pleurer frénétiquement, le visage meurtri et ravagé.

Au moment où je les prends, ma main touche la sienne. Je ne lui dis rien de plus. Je quitte l'appartement pour retrouver Astrid.

Dans l'ascenseur, un sanglot m'étrangle. Je me sens entièrement nu et perdu.

JEUNESSE

(2001-2006)

Je suis dans le salon, à Ville-d'Avray. J'ai pris ma décision. Au début, mon père ne réagit pas trop. Il reste assis dans le fauteuil Louis XV, près de la commode. Je lui répète ce que je viens de lui dire : « Oui, je veux arrêter ma prépa commerciale à Janson-de-Sailly pour faire des études de philosophie à la Sorbonne. »

Il s'agite. Sa mâchoire se contracte, ses dents se serrent.

« Tu te fous de ma gueule ? »

Il n'a jamais entendu quelque chose d'aussi stupide de toute sa vie. Il me regarde : « Mais Pierre, tu es un abruti, tu sais ce que ça veut dire faire de la philosophie, être prof ? »

Ma mère, à côté de lui, se tait.

« Mais prof, pauvre con... Tu sais combien ça gagne, un prof ? »

Je ne veux pas flancher.

« Mais pour qui tu te prends, franchement ? Tu crois vraiment que tu peux vivre avec moins de deux mille euros par mois ? »

Mon père prend un magazine sur la table basse et le balance par terre.

« Être prof... Connard ! »

« Prof ! »

Il me fixe. Je m'efforce de soutenir son regard.

Ma mère essaie de le calmer : « Mais il pourra faire Sciences Po ou une école de commerce après...

— Sciences-Po ? Mais il en est incapable, Sylvie ! Incapable ! »

Il devient violent, dans ses gestes, ses paroles. Je tente de m'abstraire, de faire comme si cette scène n'existait pas. Je ne sais plus si j'ai envie de devenir prof de philo. Je tremble.

« Mais regarde-moi dans les yeux, Pierre ! hurle-t-il. Regarde-moi ! Tu n'as aucune ambition, c'est ça ! »

Mon père a honte de moi – que je ne fasse pas de prépa, ni d'études d'économie ou de droit. Dans les dîners, mais sans doute aussi au travail, avec ses clients, il ne sait pas comment l'avouer. Il n'en parle à presque personne. À certains, plus intimes, il dit que je vais sûrement faire un Sciences Po après ma licence – même de province –, que je vais me raisonner, que je ne suis pas capable de foutre ma vie en l'air à ce point. Il reproche cette situation à ma mère : il lui dit qu'elle a été trop sévère avec moi, avec nous, que tout ça, c'est à cause d'elle, à cause de ses problèmes psychologiques. Il se demande si je n'ai pas été influencé par cette fille aguicheuse et sous antidépresseurs. Il pense qu'il aurait dû être plus ferme.

J'emménage dans une chambre de bonne à Paris, rue de Rome, près du boulevard des Batignolles. Je quitte le studio que mes parents louaient en bas de chez eux.

Sale bourge

Quatre jours par semaine, je travaille à plein temps comme manutentionnaire au Monoprix de la rue de Lévis.
Le soir, Astrid vient souvent dormir chez moi.

À la bibliothèque Sainte-Geneviève, un matin où je ne travaille pas, je lis l'introduction aux *Œuvres complètes* de Spinoza parues aux éditions de La Pléiade :
« Pendant toute son adolescence, Baruch de Spinoza fut l'espoir de la communauté juive d'Amsterdam : il possédait toutes les qualités qui permettent de réussir avec éclat dans le monde. Il ne le voulut pas parce que ce monde ne l'intéressait pas. Ce ne furent pas les circonstances qui le reléguèrent dans une chambre, entre un métier à polir et une bibliothèque, c'est lui qui choisit sa race spirituelle qui est stoïcienne. Le faubourg juif d'Amsterdam où il reçut l'éducation rabbinique, l'école chrétienne de Van den Enden où il apprit le latin – langue dangereuse qui vous ouvrait la lecture de la science de Galilée et de Descartes –, les riches villes des Provinces-Unies où triomphait la bourgeoisie commerçante et intellectuelle, à l'horizon l'Europe en guerre, tout cela valait la peine d'être pensé, non d'être vécu au point d'y perdre son salut. Car il reconnut vite que la seule joie, la seule vraie vertu, est de comprendre. Comprendre c'est vivre en vérité. "Le bénéfice que j'ai retiré de mon pouvoir naturel de connaître – pouvoir que je n'ai jamais trouvé en défaut – m'a rendu heureux. Car j'en tire de la joie et je m'efforce de vivre

non dans la tristesse et les gémissements, mais d'une âme égale, dans la joie et la gaîté." (Lettre XXI) »

Je pleure.

En octobre 2002, je commence des études de philosophie à l'université Paris-I-Panthéon-Sorbonne.

Je travaille avec rigueur. Je ne fume plus aucun joint et ne bois presque plus jamais.

Un dimanche en fin d'après-midi, je prends un café avec Olivier. Il est en première à Passy-Buzenval. Nous parlons de Bénédicte, de sa volonté de faire une licence d'histoire à l'Institut catholique de Paris après son bac. Il me confie ensuite qu'il a encore fait un malaise, la semaine dernière, que personne n'explique. Il en fait entre un et deux par semaine en ce moment.

Je lui demande s'il prend de la drogue, s'il y a quelque chose qu'il ne nous dirait pas.

Il me répond que non, qu'il ne prend rien. Puis soudainement, il me questionne : « Tu savais, toi, que Georges, le frère de bon-papa, avait été l'amant de bonne-maman ? »

Je réfléchis un instant, puis lui dis : « Oui. »

Un silence s'installe. Il ajoute, tourmenté : « Il y a un tel écart entre nos principes et nos comportements. »

Après l'avoir quitté, sur le chemin du retour, je m'arrête dans un bar, rue des Dames, et bois quatre pintes de bière d'affilée en moins d'une heure. Une fois chez moi, je m'effondre sur le lit, tout habillé.

Lorsque Astrid rentre, un peu plus tard, après une soirée entre amis, elle s'agace de me voir dans cet état et se plaint de mon haleine. Elle essaie de me retirer mon manteau. À demi conscient, je réagis violemment, fais tomber la lampe de chevet et crie : « Ne me touche pas ! »

Une minute après, je lui demande pardon. Je ne sais pas ce qui m'a pris. Je suis confus et terrifié.

Pour la première fois de ma vie, je vais à l'Opéra voir *Rigoletto* de Verdi. Au moment de m'installer, je reconnais un professeur de Paris-I. Il est vêtu d'une veste en tweed et d'un pull à col roulé en cashmere noir que je trouve très élégant ; sa femme, à côté de lui, est belle. Je me sens pris d'un vertige et exclu.

Pendant la représentation, j'ai plusieurs fois la chair de poule. La musique est magnifique.

De retour chez moi, je discute avec Astrid. Elle a validé sans difficulté sa première année de licence d'économie et de gestion à Paris-IX-Dauphine. J'ai moi aussi réussi mes examens.

Elle se déshabille devant moi, se met en pyjama. J'aimerais faire l'amour avec elle, mais je me sens seul et mélancolique. De plus en plus souvent, ma gorge se serre. J'ai honte de mes émotions et je me sens fragile, surtout à mes propres yeux.

Après l'été, dans les jours qui suivent la rentrée, je n'arrive plus à prendre le métro ni à aller au cinéma

Jeunesse

ou au restaurant. Je suis en deuxième année. Tout semble m'asphyxier, la moindre foule, la moindre situation où je me sens enfermé, dans les ascenseurs, les magasins. Dès que mes tempes battent trop vite ou que j'ai mal à la tête, je crains de faire une crise cardiaque ou une rupture d'anévrisme dans la seconde qui suit. Quand cette sensation persiste trop longtemps, j'ai des images de moi me donnant des coups au visage ou me fracassant la tête contre un mur.

Quelques semaines plus tard, je suis près de la cuisinière, dans ma chambre de bonne, assis sur le sol, recroquevillé. Je me mets à trembler.
L'angoisse est une torture. Des voix me colonisent.
Au réveil, le lendemain matin, après une nuit d'insomnie, je vais en urgence dans un cabinet médical près des Batignolles pour qu'on me prescrive des calmants.

Astrid me fuit ; elle ne veut pas être replongée dans des histoires de dépression, comme dans son enfance. Elle me dit qu'elle supporte de moins en moins mon mal-être. Elle a décidé, pour enrichir son expérience, de partir étudier à Singapour dès le mois de janvier.
Lorsqu'elle me prend dans ses bras, elle reste douce et aimante mais nous ne faisons plus l'amour depuis un mois.
Je lui confie certains soirs que je n'ai plus la sensation d'être moi et que ma douleur est immense depuis la rentrée mais je ne sais pas pourquoi.
Je décide de prendre contact avec un psychiatre.

C'est le réveillon de Noël. Nous sommes à Ville-d'Avray. Mes frères et sœurs sont là. À la fin du repas, mon père insiste : on ne peut pas être sain d'esprit et aimer la philosophie. Il me regarde droit dans les yeux. Olivier sort de table.

Au moment de partir, ma mère me saisit le bras avec douceur : « Tu sais, ton père ne pense pas vraiment ce qu'il dit, c'est juste qu'il se fait beaucoup de souci pour toi. Il a vraiment peur pour ton avenir. »

Dans l'ascenseur, je songe à ma mère, à son changement progressif, à cette nouvelle forme de bienveillance et d'effacement – comme si c'était mon père désormais qui avait pris le relais, débordé, effrayé, après tant d'années d'absence, par ce qu'il a contribué à engendrer.

Astrid part le 29 décembre s'installer à Singapour, accompagnée de ses parents.

Lorsque nous nous voyons, la veille de son départ, je fais une crise de panique. J'ai l'impression que je vais devenir schizophrène, que quelque chose va dérailler. Elle essaie de me raisonner, en vain. Je quitte précipitamment le salon de thé dans lequel nous nous sommes attablés, sans payer.

Dehors, les illuminations de Noël explosent dans mon cerveau. Ma vie est un coup de poignard qui m'empêche de respirer.

Fin janvier, je sors en plein milieu des épreuves qui clôturent le premier semestre. À trois reprises, je rends copie blanche.

Je ne sais pas comment je vais pouvoir rattraper mon année.

En complément ou à la place des calmants que m'a prescrits le médecin généraliste avant Noël, mon psychiatre me propose un traitement de fond plus fort à base d'antidépresseurs pour que mon angoisse diminue. Je me sens offensé d'être rabaissé au rang de malade. Je refuse.

C'est le début du second semestre. Je suis à la Sorbonne. Le séminaire s'intitule « Médecine et philosophie ». J'ai oublié mes anxiolytiques sur la table de la cuisine. C'est immédiat. Une procession d'images surgit en moi. Je me mets à trembler.
Les pathologies mentales existent-elles ?
C'est la question qui est posée pendant le cours.
Dans mon cerveau, j'entends des bruits de coups de poing, je vois du sang gicler des lavabos, je sens mon nez s'écraser sur le bord d'une baignoire.
J'ai la gorge sèche. Tout le monde prend des notes.
Les deux catégories sur lesquelles se fondent la médecine contemporaine, à savoir le Normal *et le* Pathologique, *peuvent-elles s'appliquer aux comportements ou à une personne ? Qu'est-ce qui distingue un comportement sain d'un comportement malsain ?*
La situation est insoutenable. Je suis attaqué. J'ai l'impression que quelqu'un essaie de me fourrer un rat dans la bouche – j'étouffe. Des araignées vivantes me grimpent dessus, passent entre mes jambes sous mon

pantalon, remontent par mes mollets. Des images d'enfants battus m'assaillent – partout, tout le temps. Il y a des corps tailladés autour de moi, des peintures asphyxiantes, je suis rongé – je vois des petites filles chauves en train de jouer à la marelle, des nains à côté d'elles qui bandent, les yeux crevés, des lutins qui applaudissent avec des loutres mortes dans les cheveux et de la terre dans la bouche, je vois la Sainte Vierge qui lèche ses doigts pleins de sang, elle a ses règles, des boursouflures et des asticots entre les jambes. Un singe la pénètre brutalement, c'est un cauchemar, j'ai envie de m'exterminer, je vois maintenant des enfants handicapés qui hurlent pendant que des soldats les sodomisent, je veux tout arrêter, mais je n'y parviens pas.

Qui invente et fixe les normes ? Comment se construit une norme ? Pour le foie, c'est facile à statuer : au-dessus ou au-dessous d'un certain seuil de taux d'insuline, le foie est dit sain ou malade, mais pour le reste...

Le maître de conférences nous demande d'ouvrir le manuel de médecine, posé là, devant chacun de nous, et destiné d'ordinaire aux médecins généralistes. Il veut que nous analysions concrètement les textes sur lesquels un généraliste se fonde pour identifier les maladies psychiatriques.

Il faut aller là où le savoir se construit, se prescrit. Les étudiants à côté de moi ouvrent leur exemplaire du *DSM IV*, le *Manuel diagnostique et statistique des troubles mentaux.*

Sale bourge

J'entends des bourdonnements dans mes oreilles, tout bat trop vite. Olivier, mon frère, m'a dit récemment qu'il s'était une nouvelle fois évanoui dans la rue en sortant de chez lui. Je n'ai jamais eu si peur de toute ma vie, je me demande si nous allons atteindre l'âge adulte, je ne sais plus où est la réalité. Je quitte l'amphithéâtre précipitamment.

Peu à peu, je cède. J'accepte le traitement de fond à base d'antidépresseurs. Astrid me donne de moins en moins de nouvelles.

Au mois de juin 2004, je passe mes partiels, un peu plus apaisé. Le traitement d'antidépresseurs que je prends depuis cinq semaines pour lutter contre mon anxiété généralisée change ma vie, en partie.

Le pire est passé, me dis-je. L'urgence.

Peu à peu, je me fais à l'idée que je ne serai pas professeur de philosophie, que ce n'est pas un métier pour moi, qu'il est trop risqué. Je suis tellement terrorisé à l'idée que mon corps me tyrannise de nouveau que je suis prêt, par sécurité – ou instinct de survie –, à renoncer à beaucoup de choses.

J'ai honte de moi.

Et souvent, en repensant à l'état dans lequel j'étais sous l'emprise de l'angoisse, je me dis que j'aurais dû rester dans le rang, que j'ai été beaucoup trop prétentieux, que c'était une hérésie, une illusion. Nous n'avons pas tous les mêmes capacités de nous affranchir du passé et de choisir notre vie.

Astrid a rencontré quelqu'un à Singapour : un ancien étudiant de Dauphine, un Français qui vit et travaille là-bas depuis cinq ans. Il a huit ans de plus qu'elle.

Le soir où je l'apprends, je vais dans un bar et bois jusqu'à en oublier mon existence.

Le lendemain, lorsque je me réveille, une femme d'une trentaine d'années à moitié dévêtue, les cheveux noirs, très maigre et tatouée sur le cou, dort à côté de moi. Quand j'essaie de sortir de mon lit, ma tête tourne tellement que je suis incapable d'atteindre les toilettes pour vomir. Je m'écroule à quatre pattes sur le sol. L'intérieur de mes intestins gicle sur le lino gris et bleu de ma chambre de bonne.

Un préservatif usagé gît sur les livres de ma table de chevet.

En septembre 2004, je rattrape mes partiels de janvier et valide ma deuxième année de philosophie.

Je n'éprouve presque aucune joie.

Deux mois plus tard, Bénédicte, ma sœur, m'appelle. Elle vit maintenant rue Cambronne, dans le quinzième arrondissement, à quelques rues de chez Françoise. Elle est en colocation avec Olivier qui a commencé sa première année de droit en septembre à Paris-II-Panthéon-Assas.

Bénédicte a prévu de passer voir une amie place de Clichy en début d'après-midi. Nous nous donnons rendez-vous dans un café près de chez moi.

Avant de partir la retrouver, je prends un demi-Lexomil. Je sors. Une lumière sèche percute le sol, nous sommes en automne.

J'entre dans le café, salue l'un des serveurs.

Bénédicte arrive. Elle a l'air épuisée.

Nous parlons de manière anodine. Je lui demande si ses cours se passent bien. Je me force à sourire. Le Lexomil ne fait pas son effet. Elle est toujours à l'Institut catholique de Paris, en deuxième année. Elle évoque ensuite les vacances de Noël. Elle aimerait bien que ce soit moi qui m'occupe du chapon

JEUNESSE

– surtout si on fête Noël à Marnay, avec Françoise qui cuisine si mal. J'acquiesce.

Le silence est froid. Bénédicte reprend une cigarette. Elle bat du pied. Elle veut me parler. « C'est important », précise-t-elle. Je sais de quoi il s'agit mais je préfère vivre dans l'illusion quelques secondes encore.

« Olivier va mal », me dit-elle.

Elle fait tourner la braise de sa cigarette autour du cendrier.

« Les parents sont au courant ? »

Elle ne me répond pas, puis lève les yeux vers moi. Lorsque nos regards croisent, je vois qu'elle pleure.

Une semaine après Noël, mon téléphone vibre.
C'est ma mère.
Olivier est hospitalisé à la clinique psychiatrique de Saint-Germain-en-Laye pour dépression sévère et anorexie mentale.
Une heure plus tard, je me demande : pourquoi lui et pas moi ?

Je suis à Ville-d'Avray, dans le salon. Augustin et Bénédicte sont là ; Élise est dans sa chambre.

Mon père ne dit rien. Charles fait un dessin pour Olivier sur la table de la salle à manger. Il a maintenant onze ans. En haut de son dessin, il écrit : *Mon frère a des corbeaux dans la tête* ; en bas, à droite : *Reviens vite. On t'aime. Charles.*

Mon père est tendu. Il veut mettre le couvert pour qu'on puisse passer à table, il demande à Charles d'aller dessiner ailleurs.

« Attends », lui répond Charles, concentré. L'objet auquel il tient le plus est son drapeau de Che Guevara. Il a décidé de le donner à Olivier, nous explique-t-il.

Bonne-maman est à Marnay, chez Françoise. Elles ont prié autant qu'elles le pouvaient pour Olivier, tout le monde a prié pour Olivier, nous ont-elles expliqué au téléphone.

Mon père demande de nouveau à Charles de se déplacer.

« Mais attends, papa, je t'ai dit…

— Sylvie, est-ce que tu peux dire à ton fils de se déplacer ! » s'énerve mon père.

De la cuisine, ma mère lui répond qu'il peut très bien s'en charger tout seul.

« Putain, marmonne-t-il excédé, je peux te dire qu'il va dégager, moi… » Et soudain, il prend le dessin de Charles, le lui arrache des mains et le déchire devant lui.

Augustin aussitôt se lève. Charles a les larmes aux yeux.

« T'es vraiment un connard ! » hurle Augustin.

Mon père a les poings serrés, Augustin est face à lui, prêt à se battre.

« Mais arrêtez ! » explose Bénédicte.

Ma mère surgit dans le salon. « Hubert ! » crie-t-elle.

Je me lève, me dirige vers mon père et lui dis : « Si tu ne t'excuses pas…

— Quoi ? Tu demanderas une double dose à ton psy ? » vocifère-t-il.

Ma mère s'effondre par terre.

Élise entre dans le salon.

« Qu'est-ce qui se passe ? Vous ne pouvez pas arrêter à la fin ? »

Ma mère continue de pleurer – Charles est près d'elle. Personne n'arrive à la consoler. Élise va se blottir dans les bras de Bénédicte. Mon père, Augustin et moi restons figés.

Je regarde le dentifrice sur le bord de mon lavabo. Je me lave les dents. Je viens de prendre un café, après avoir mangé une salade dans une brasserie, en bas de chez moi.

Olivier a droit à une première visite. Il est hospitalisé depuis deux semaines et quatre jours. Il a insisté pour que ce soient Bénédicte et moi qui venions en premier – il ne veut pas voir nos parents.

C'est moi qui ai la voiture ; je suis allé la chercher la veille, à Ville-d'Avray.

La Clio noire.

Je pense à Olivier. J'imagine mes parents, le discours des médecins. Pour l'instant, personne ne peut faire de diagnostic. Anorexie, dépression, troubles bipolaires, psychotiques, etc.

Olivier, avant d'être hospitalisé, dormait entre seize et dix-huit heures par jour et passait le reste du temps mutique, sans rien manger.

Qui peut être responsable de ça ?

Les visites sont autorisées entre quatorze heures trente et dix-huit heures. Je préviens Bénédicte que je pars de chez moi. Il y aura trois heures trente à partager avec Olivier. Comment ne pas l'écraser avec mon besoin d'être rassuré, comment ne pas le faire culpabiliser ?

Olivier n'a pas eu le choix, me dis-je.

Les feux de signalisation dans Paris me semblent irréels.

Combien de temps Olivier a-t-il passé dans cette chambre d'hôpital avant de pouvoir se lever ? Combien de temps avant qu'il se dise qu'il pouvait descendre retrouver les autres ?

J'arrive rue Cambronne. Bénédicte me dit par SMS qu'elle me rejoint dans deux minutes.

Olivier.

Nous roulons maintenant en direction de Saint-Germain-en-Laye. Bénédicte a le regard dur, la posture raide. Elle ne parle pas, ses mains tremblent. Je sais qu'elle redoute autant que moi l'arrivée, ce moment précis où nous serons là, avec ce que nous sommes depuis toujours, sans aucun changement ni aucune autre possibilité.

Le bruit du gravier sur le parking est apaisant. Les lieux sont prévisibles. Le parc est beau, bien entretenu, avec des arbres nobles. Le bâtiment ressemble à une bâtisse du XIXe siècle.

C'est par là, l'accueil pour les visiteurs.

Mon niveau de salive baisse, Bénédicte tremble un peu plus, je suis stressé. On fait une pause. Il y a une porte devant nous. Derrière, c'est l'espace de vie destiné aux visites. On prend notre souffle.

Olivier est là-bas, au fond, livide et étique, pas très loin d'un piano noir. Il nous fait signe et sourit. Il a les yeux vitreux. Autour de lui, il y a des adolescents et des adolescentes, des jeunes adultes, beaucoup de cendriers et des poubelles pleines de gobelets en plastique à côté des machines à café. J'ai l'impression que n'importe qui à n'importe quel moment pourrait se lever et se mettre à jouer du piano. Je remarque une chanteuse de rap connue, assise près de la fenêtre, entourée de sa famille. Il y a une épaisseur dans la pièce, une électricité, quelque chose qui peut dérailler – cette gueule de bois infinie, dans les yeux de chacun, qui percute les murs. C'est l'heure de la descente. Chacun doit prendre ses médicaments. Ma gorge se serre.

Je fais une blague à Olivier ; il sourit. L'abysse que je sonde dans son regard me heurte. Bénédicte l'interroge. Il nous raconte sa vie à la clinique : le psychiatre, les ateliers, les patients, il nous dit qui est « sympa » parmi les infirmiers et infirmières, puis il nous demande des nouvelles d'Augustin, d'Élise, de Charles. Il se ranime un peu. On lui parle de leurs réactions, de ce qu'ils ont dit ou fait. « Son drapeau Che Guevara, répète-t-il. Il est prêt à me donner son drapeau Che Guevera… » Nous évoquons aussi son dessin, et la phrase qu'il y avait écrite. Sa voix se noue, il a les larmes aux yeux. « Des corbeaux dans la tête… murmure-t-il. J'aurais préféré avoir quelques petits moineaux seulement, mais bon... » On sourit. On parle d'Élise et de ses concours d'équitation, d'Augustin et du pensionnat dans lequel nos parents ont décidé de l'envoyer, des derniers films que nous avons vus, du futur mariage de notre cousine, à Lyon, avec un jeune homme qui a fait Saint-Cyr...

Une heure passe, deux heures. Olivier se sent fatigué, mais il veut encore profiter de nous. Il demande au personnel s'il a le droit de nous montrer sa chambre. C'est permis, mais il ne faut pas traîner, il est bientôt dix-huit heures. Je me dis que tout, ici, est fait pour médicaliser les choses, pour les rendre plus appréciables et contrôlables. Il faut croire au protocole, à sa maladie, pour espérer son traitement.

Nous devons partir. On se dit au revoir. Bénédicte a les larmes aux yeux. On s'embrasse. La porte se referme. Pendant un bref instant, je me demande si je le reverrai un jour *vivant*.

Nous descendons les escaliers.

Trois semaines plus tard, nous sommes tous réunis à Ville-d'Avray dans l'appartement familial pour le premier week-end de sortie d'Olivier.

Bonne-maman est là. Dès le début du repas, elle s'énerve et injurie la moitié des personnalités politiques de gauche – en particulier Martine Aubry –, et vomit sur les *35 heures*.

Mon père est tendu. L'angoisse est sourde. Pour faire plaisir à Olivier, ma mère a cuisiné du jambon à la Saulieu – son plat préféré lorsqu'il était plus jeune.

Je prie intérieurement pour que mon père ne critique pas devant tout le monde la cuisson ou l'assaisonnement. Ma mère ne perd plus ses moyens comme avant, mais tous, autour de la table, avons hérité de cette fragilité et de cette faculté à créer des débordements singuliers. Mon père, lui, ne supporte pas d'être mis en difficulté dans ses émotions ; lorsqu'il est pris à partie et qu'il ne sait pas comment faire, il attaque comme une bête, sans retenue.

Mon père ne critique pas le jambon à la Saulieu, mais les pommes de terre et la salade.

Son mépris est palpable. Cherche-t-il à savoir ce qu'Olivier a dans le ventre, s'il va tenir le coup, s'il va pouvoir retourner dans la vie comme avant ?

Il évoque un ami d'Olivier, Barthélémy, et se permet un propos homophobe. Bénédicte et ma mère supplient alors bonne-maman et mon père de ne pas relancer un débat sur le pacs. Nous enchaînons en parlant de cinéma, nous essayons de retrouver des souvenirs d'enfance, nous voulons combler le vide, occuper le terrain, ne pas laisser d'espace à la violence et aux crises.

Et puis arrive le dessert : ce sont des fraises. Olivier semble de plus en plus à l'aise. Il écoute beaucoup les petits : Charles et Élise. Ma mère constate qu'elle a oublié la crème Chantilly dans la cuisine. Augustin, de retour comme chaque week-end du lycée où il est pensionnaire, se lève, propose d'aller la chercher. Il est guilleret, je me demande s'il n'a pas bu ou fumé un joint avant le déjeuner. Lorsqu'il revient, il a l'air fier de lui, il nous sourit, il fait *chut* avec son doigt, fait le pitre, il marche sur la pointe des pieds, comme s'ils touchaient à peine le sol. Il me fait penser à Peter Pan. Je comprends à cet instant ce qu'il prévoit de faire, je le regarde ahuri, lui fait *non* des yeux. Il se poste juste derrière ma grand-mère, secoue la bombe de crème Chantilly et dit : « Un petit shampoing, bonne-maman ? »

Il vide alors sans attendre la moitié de la crème Chantilly sur la tête de ma grand-mère et l'étale sur toute sa chevelure avec les mains. Les yeux de Bénédicte s'écarquillent. Élise et Charles éclatent de rire – comme Olivier qu'on n'a pas entendu rire comme ça depuis plusieurs années. Le fou rire est nerveux, personne parmi les enfants ne tient. Ma mère reste hébétée mais se tait. Ma grand-mère, au début, ne comprend pas. Puis, entendant le rire d'Augustin derrière elle et nous voyant tous dans le même état, elle se tourne vers lui et dit, presque amusée : « Mais qu'est-ce qu'il fait ce petit con ? »

Soudain la scène s'interrompt. Mon père bondit de sa chaise et hurle : « Ça ne va pas ! Tu veux que je t'apprenne le respect ! »

Visiblement éméché, cette fois-ci, Augustin lui répond, sarcastique : « Bah oui, justement, ça serait bien. »

Mon père se lève comme s'il allait le frapper ; ses dents n'ont jamais été aussi serrées. Il saisit Augustin par le col.

Mon frère lui lance : « Bah, vas-y, frappe. »

Olivier se lève alors et, sans hausser le ton, regarde mon frère droit dans les yeux : « Augustin, s'il te plaît, je t'en supplie. »

Bénédicte a les larmes aux yeux. Élise et Charles sont pétrifiés. Ma mère se lève à son tour et dit à mon père : « Si tu n'es pas capable de te contrôler, Hubert, je te prie de quitter tout de suite la table. Ça suffit *maintenant*. »

Sa voix tremble, mais elle continue : « C'est clair ? »

Je suis dans ma chambre de bonne. Je prends mon comprimé d'antidépresseurs comme tous les jours à la même heure. J'ai rendez-vous le lendemain matin au secrétariat d'admission du master en communication de Paris-IV pour la rentrée prochaine.

Mes partiels de fin d'année sont dans quelques semaines. Au vu de mes résultats du premier semestre, il y a de fortes chances pour que je valide ma licence de philosophie. Je me déteste déjà de renoncer à poursuivre mes études dans cette voie, mais je me dis que je n'ai pas le choix. La famille est un mot d'ordre, quelque chose qui s'impose à nous.

Un an plus tard, au printemps 2006, je débute mon premier stage en entreprise, dans le service des relations presse d'un grand groupe d'assurances. Le soir même, en rentrant chez moi, la douleur qui me broie est effroyable.

MARIAGE

(2012-2016)

Dans le salon, mon père est content, fier de lui, de moi, de mon nouveau job – je viens d'accepter un poste dans un groupe de communication du CAC 40, il hésite à me demander combien je gagne devant tout le monde, mais il se reprend, me fait un clin d'œil, « plus tard, plus tard », il me sourit, « Directeur conseil », il lève de nouveau son verre – nous prenons l'apéritif à Ville-d'Avray, il est treize heures trente –, il insiste : « Les grands groupes privés, on a beau dire, il n'y a que ça de vrai », il se ressert, il est enjoué, il prévoit de voter Sarkozy au premier tour de la présidentielle de 2012, il ricane, il le répète, il sait que Charles risque de s'énerver, ça l'amuse, ça l'excite, puis d'un coup il devient moins joueur, plus sincère, plus méprisant : il ne comprend *vraiment pas* comment on peut voter Hollande.

Bénédicte vote Sarkozy, Olivier vote Hollande – Élise n'ose pas voter Hollande. Augustin, lui, ne vote pas. Charles vote Mélenchon.

Sale bourge

« Entre Mélenchon et Le Pen, en tout cas, si un jour, la question se pose, s'exalte mon père, je n'aurai aucune hésitation : je vote Le Pen ! »

Il guette nos réactions, surtout celles d'Augustin et de Charles. Olivier quitte le salon. Bénédicte propose de ne pas parler de politique. Ma mère est dans la cuisine, elle finit de préparer le déjeuner. C'est mon anniversaire. J'ai vingt-neuf ans. Je reprends une troisième coupe de champagne.

Bonne-maman arrive avec du retard. Elle entre dans le salon, se plaint. Mon père lui tend une coupe. « C'est pour fêter la nomination de Pierre ! » Bonne-maman me félicite : elle est heureuse pour moi. Ma mère crie de la cuisine que le repas sera prêt dans cinq minutes.

Avant de passer à table, bonne-maman me saisit par le bras et me prend à part : « Tu n'aurais pas autre chose à nous annoncer, toi, par hasard ? sourit-elle. Oh, ne prends pas cet air ! Geoffroy m'a tout dit... »

Geoffroy est le seul cousin que je continue à voir. Je lui réponds : « On parle juste d'un rendez-vous, bonne-maman... »

Je me dirige vers la table de la salle à manger. Elle me suit : « Tu pourrais au moins me dire où tu l'as rencontrée. »

Je termine ma coupe de champagne en une seule gorgée et lui rétorque : « Je croyais que Geoffroy vous avait tout dit. »

Mariage

Ma mère et Élise apportent les entrées. Olivier revient. Tout le monde s'installe.
Ma grand-mère veut être à côté de moi.
Nous commençons le repas. Les voix s'élèvent.

Je me prépare à sortir boire un verre. Je suis dans mon studio, rue Alibert, près du canal Saint-Martin. Je n'ai vu Maud qu'une fois, à une soirée dans un bar, rue des Abbesses. Elle est en sixième année de médecine, spécialisée en médecine interne ; elle travaille à l'hôpital de la Croix-Saint-Simon, dans le vingtième arrondissement. Elle n'est pas en couple.

Geoffroy, mon cousin, connaît très bien l'un de ses amis, Adrien : ils ont fait la même école d'architecture. C'est Geoffroy qui a organisé ce verre pour moi.

Nous devons nous retrouver tous les quatre dans un bar à cocktails, rue Commines, à vingt heures trente.

Ma gorge est sèche. Je n'ai pas eu de rendez-vous avec une fille depuis cinq ans. La veille au soir, j'ai bu des pintes jusqu'à deux heures du matin avec Geoffroy. Il m'a dit une dizaine de fois qu'il ferait exprès d'arriver en retard. Je sais qu'il tiendra parole. J'espère qu'Adrien, lui, sera à l'heure ou que Maud sera en retard. Je suis terrorisé à l'idée de me retrouver seul avec elle. J'essaie de me calmer. J'hésite à prendre un peu de whisky avant de partir. Je me dis qu'il ne faut pas que je boive trop ce soir.

Je décide d'y aller à pied – pour me changer les idées. Je n'ai presque rien fait de la journée. Je suis resté chez moi, j'ai regardé un film et deux épisodes d'une série. Geoffroy m'a dit que Maud avait perdu sa mère d'un cancer, à neuf ans.

J'arrive rue Commines en avance. Je m'en veux. Personne n'est encore là. On m'installe à une table de quatre, au fond. Le bar vient d'ouvrir. Les serveurs sont tous tatoués. La carte me laisse perplexe, je ne connais pas la moitié des alcools et des liqueurs proposés. Je commande un cocktail au hasard – un *Rain Dog*.

Je pense à mon frère Olivier. Trois ans après sa première hospitalisation, il a connu une rechute, en 2008. Tout le monde dit qu'il va beaucoup mieux maintenant. Depuis deux ans, il est avocat ; il est aussi en couple avec Paul, mais ça, presque personne ne le sait.

Je tourne la tête vers l'entrée. Je guette. Personne ne vient. J'observe la salle. Il y a de la buée sur les vitres. Le lieu est branché. Nous sommes encore en hiver, il fait froid.

Je regarde l'heure. Geoffroy m'envoie un message pour me dire qu'avec Adrien ils auront une demi-heure de retard. Les smileys qui concluent son SMS me font comprendre que c'est volontaire. Un sentiment de panique m'envahit. Je suis à deux doigts de fuir. Je m'accroche à mon verre, reprends une gorgée d'alcool.

La porte s'ouvre.

C'est Maud.

Elle entre, des écouteurs aux oreilles. Elle cherche notre table, je lui fais signe, je me sens ridicule. Je me demande si elle n'est pas dépitée de voir que Geoffroy et Adrien ne sont pas là. Elle s'approche. C'est plus fort que moi, je scrute sa peau, son visage, ses gestes ; j'aperçois ses mains. Mon cœur s'accélère.

Son manteau bordé de fourrure blanche fait ressortir son teint vif et la finesse de son visage. Ses lèvres rafraîchies par le froid me troublent. Ses cheveux blond vénitien ondulent. Je ne sais pas ce que je fais ici. Mes tempes palpitent.

Elle m'embrasse, s'assied en face de moi, engage la conversation. Ses yeux sont bleu-vert. Je parviens à lui répondre.

Lorsqu'elle est gênée, elle passe sa main derrière son cou. Sa beauté me saisit. J'ai envie de la prendre dans mes bras.

Je reste sobre jusqu'à la fin de la soirée.

Depuis la soirée rue Commines, j'ai revu Maud une fois avec Adrien et l'une de ses amies, au cinéma. Ce jour-là, je suis invité à une fête chez elle, rue Paul-Bert.

Lorsque j'arrive, une trentaine de personnes sont présentes. L'appartement n'est pas très grand, nous sommes serrés. Geoffroy n'est pas là, il m'a prévenu deux jours plus tôt qu'il ne pourrait pas venir. Je cherche Adrien du regard. Je ne le vois pas, je suis mal à l'aise.

Maud est rieuse – je l'observe de loin. Elle porte un short noir, très court, avec des collants et des bottines, un haut décolleté et une ceinture dorée originale. Sa tenue met en valeur ses jambes, sa cambrure, ses fesses. J'ai peur que la soirée ne devienne dansante.

Une musique lourde, entraînante, emplit la pièce. L'appartement est décoré avec beaucoup d'attention. Je me dirige vers le buffet. Je prends du champagne. Je songe à ce que Maud m'a dit sur ses préférences artistiques : elle aime Toni Morrison, Peter Handke et Tarantino. Je bois un second verre de champagne.

Les basses vibrent, les gens s'amusent, certains commencent à danser. Pour la première fois depuis longtemps, je suis ému.

Peu après minuit, je m'approche de Maud, j'enlace sa taille, ferme les yeux et l'embrasse. Je me sens vivre.

Je suis au restaurant avec Maud. Nous sommes à l'Hôtel du Nord, quai de Jemmapes, au bord du canal Saint-Martin. Nous avons pris un apéritif. Je me sens léger. Elle me fait passer un test de personnalité, pour rire. Elle me demande d'imaginer un désert, un cube, de la végétation et un cheval.

Je lui réponds. Mon désert est un désert de glace ; mon cube, un bloc de granit noir ; ma végétation, des roses rouges entourant le granit ; et mon cheval, un étalon noir, qui galope au loin et qu'on ne voit presque plus...

Maud rit franchement. Je suis gêné. Le cheval, selon le test, représente ma sexualité. Elle me regarde avec prévenance pendant un instant, puis rit de nouveau. J'essaie de réagir avec humour.

Elle me dévoile la signification des autres éléments – le désert, le cube, la végétation. Ce n'est pas beaucoup plus flatteur. Je suis froid, difficile à comprendre, sensible, mais probablement tourmenté.

Je pose mes yeux sur son collier. Elle m'explique qu'il est en or rose et malachite, que c'est elle qui l'a choisi. Son père le lui a offert après sa première année de médecine. Elle me raconte ensuite qu'il est entraîneur dans un club de tennis depuis une dizaine d'années, à Bois-Colombes, qu'avant, il travaillait à Antony. Il est originaire de Nantes. Sa mère, elle, est née à Reims, elle était infirmière. Maud a aussi une grande sœur qui habite Marseille ; elle est juriste dans une entreprise agroalimentaire et vit en couple depuis cinq ans.

Elle m'interroge sur mon enfance. Le fait que je sois l'aîné d'une famille de six enfants l'impressionne. Elle ne pose pas de questions sur mes parents.

À la sortie du restaurant, elle me propose d'aller prendre un dernier verre chez moi.

Dans le hall de l'immeuble, je la laisse passer devant moi, je la regarde monter les escaliers. Elle a un nouveau manteau, long et noir, en laine fine. Je songe à ma mère, à une vieille photo que j'ai vue d'elle, un jour, dans un album regroupant des photos de sa jeunesse.

Une fois dans l'appartement, Maud s'approche de moi et m'embrasse. J'ai peur de ne pas être assez sensuel pour elle.

Une demi-heure plus tard, emporté, je caresse entièrement son corps jusqu'à ce qu'elle jouisse.

Maud est debout devant moi. Je suis assis sur le lit. Nous sommes chez moi, rue Alibert.

Je la regarde avec passion. Elle me fixe. Je glisse mes mains sous sa jupe, délicatement. Elle ferme les yeux. Je sens son sexe à travers le tissu fin du string. Je la caresse avec douceur, j'ai envie d'elle.

Elle s'allonge alors sur le lit et retire son haut. Je parcours son buste, effleure ses seins, je m'y attarde, je les embrasse. Je descends un peu plus bas, soulève sa jupe et baisse son string – je l'enlève et le pose à côté du lit. Je mets ma tête entre ses cuisses, respire l'odeur de son sexe humide, puis enfonce ma langue entre ses lèvres. Je l'embrasse langoureusement. Elle écarte un peu plus les cuisses. Je pose mes mains sur sa poitrine et la lèche encore, avec plus de vigueur. Elle attrape mes cheveux et se contracte. Elle frémit. Je pince son clitoris avec mes lèvres, l'enveloppe, et avec mes doigts, continue de la caresser.

Deux minutes plus tard, je suis sur elle, ses pieds posés sur mes fesses, je la pénètre, je vais de plus en

Sale bourge

plus vite, le désir monte, et au moment où son corps se tend, pour la première fois depuis que nous faisons l'amour ensemble, je jouis avec elle.

Ma mère m'appelle : elle aimerait m'inviter à dîner à Ville-d'Avray un soir, avec Maud. Je suis agacé. Même si c'est gentil, je trouve ça intrusif. J'avais demandé à Geoffroy de rester discret. Je décline l'invitation. Je veux le moins de contacts possible avec mes parents.

Le soir, j'en parle à Maud. Elle m'interroge – sa voix est tendre : « Pourquoi tu ne veux pas que je les rencontre ? »

Je ne lui réponds pas.

Elle s'approche de moi. Nous nous enlaçons. « OK, me souffle-t-elle. Je comprends. »

Je n'ose pas lui dire que, même si elle est médecin, compte tenu de ses origines sociales, j'ai peur des réflexions et des commentaires de mes parents. Je me sens coupable.

Nous sommes sur mon scooter, rue Saint-Denis. Maud est derrière moi, elle m'enlace.

La veille, nous avons dîné dans un restaurant près du Louvre. Au réveil, nous avons évoqué le fait d'emménager ensemble. Nous sommes en couple depuis huit mois.

Nous roulons. Maud me parle. Je sens la chaleur de son corps. Nous allons à une soirée chez Geoffroy pour fêter son départ prochain en Argentine. J'ai du mal à l'entendre. Je lui demande de répéter. « J'aimerais bien acheter un petit cadeau à Geoffroy pour marquer le coup. » Une moto accélère, il y a beaucoup de bruit. Je m'arrête au rouge. Un piéton s'énerve, un automobiliste l'injurie. Je me retourne vers Maud et lui dis : « Pas besoin d'apporter un cadeau, j'ai pris une bouteille de vin. »

Le feu passe au vert, je redémarre. Elle me pince le bassin, pour rire. « J'aimerais quand même lui offrir un cadeau ! » Je sens au timbre de sa voix qu'elle est légère. Un bus s'arrête net devant nous. Je suis surpris, je regarde sur la gauche pour le dépasser, et lui réponds de manière désagréable : « Mais pourquoi tu veux lui offrir un cadeau ? »

Il y a de plus en plus de voitures autour de nous. Maud me reprécise : « Pour marquer le coup, je t'ai dit ! » Puis elle marmonne : « Et puis si j'ai envie de lui offrir un cadeau, je lui offre un cadeau, je n'ai pas besoin de me justifier... »

Elle est irritée. Je me sens mal à l'aise. Il n'y a aucune raison pour moi d'offrir un cadeau à Geoffroy pour son départ en Argentine, j'ai même peur que cela paraisse ridicule. Je me retourne vers elle, tente de prendre ma voix la plus calme possible, et affirme : « Je te promets, une bouteille de vin, ça suffit. »

Le regard de Maud se durcit.

Quelques secondes après, elle me dit sèchement : « Arrête-toi. »

Je continue de rouler.

« Arrête-toi, je te dis ! »

C'est la première fois que j'entends Maud élever la voix contre moi. Je me sens maltraité. Je m'énerve aussitôt : « Mais je ne peux pas là, c'est trop dangereux ! »

Elle insiste.

Au feu suivant, je monte sur le trottoir. La voix de Maud résonne en moi. J'ai envie de hurler. Je coupe le contact.

Maud se lève et descend du scooter. Elle se met face à moi et inspire profondément – elle retire son casque. « Bon, c'est quoi le problème ? Pourquoi tu ne veux pas que j'achète un cadeau à ton cousin ? »

La douleur qui monte en moi est insupportable. Je dois contenir mes larmes.

Je réponds : « Il n'y a pas de problème. »

Maud s'étonne : « Bah alors pourquoi tu me répètes bêtement qu'une bouteille de vin, ça suffit ? »

Bêtement.

Je suis débordé par ma tension, tout palpite. Je n'ai plus de tristesse, juste de la rage et de la noirceur.

Maud reprend d'une voix beaucoup plus calme et didactique : « Pierre... Tu ne te sens pas bien ? Tu as l'air complètement atterré. »

Je réponds : « Non, ça va. »

Des pensées et des mots violents jaillissent alors en moi : *Tu crois que je suis ton chien ! Tu crois que tu peux me donner des ordres ! Tu veux que je te défonce la gueule, moi aussi !*

Maud me prend la main. Elle me propose que nous nous arrêtions à la Fnac de Saint-Lazare pour le cadeau de Geoffroy.

Je ne dis rien. Je suis absent. Elle m'embrasse. Nous repartons.

Pendant près de deux heures, je suis éteint, je ne parviens pas à me rassurer. La blessure est vive. Je me sens *odieux*.

Et puis, vers vingt-trois heures, peu à peu, la douleur s'apaise. Je respire de nouveau, mes émotions sont plus neutres, je retourne auprès des autres.

Mariage

À minuit, Maud se met à danser. Je la trouve resplendissante. Je m'approche d'elle. Sa peau est moite, son odeur, sexuelle. Je me laisse emporter, je transpire avec elle, je danse pour la première fois de ma vie sans être totalement alcoolisé.

Vers deux heures du matin, un karaoké s'improvise.

À l'aube, nous rentrons dormir chez moi, en taxi, je laisse mon scooter chez Geoffroy.

Maud m'embrasse, la lumière est éteinte. Au moment où elle se serre contre moi, une image d'elle – déformée, criant *Gare-toi !* – surgit dans mon cerveau.

Elle me murmure : « J'ai envie de toi. »

Lorsque je la pénètre, dix minutes plus tard, son corps est incandescent ; je suis fiévreux. Je l'attrape par les hanches, je suis derrière elle, je m'enfonce, m'essouffle, je veux la faire jouir, son sexe se contracte, tout est noir, doux et lumineux. Je veux vivre, être dans un autre corps, être libre – ne plus jamais me sentir offensé.

Nous marchons rue du Roi-de-Sicile, dans le Marais. Nous sommes fin septembre. Il fait encore beau. Maud a rendu les clés de son appartement, hier matin. Je suis heureux. Elle va venir habiter chez moi, rue Alibert, le temps que nous trouvions un appartement plus grand. Nous cherchons un trois-pièces dans le dix-huitième. Je l'imagine à mes côtés, j'anticipe notre amour, notre proximité, notre entente.

Nous nous arrêtons pour acheter des falafels. Nous devons les commander à l'intérieur du restaurant, il y a beaucoup de monde. Je n'aime pas la foule.

Maud me dit : « Je vais faire la queue et tu m'attends dehors ? Ça ne me gêne pas. »

Je suis soulagé. Elle a retenu que j'étais claustrophobe dans certaines situations.

Je l'attends. Mon téléphone vibre dans ma poche. C'est Olivier.

Lorsque Maud revient avec les sandwichs, je lui explique que ma grand-mère, bonne-maman, a eu

Mariage

un accident de voiture *assez grave* et qu'elle a été hospitalisée. Juste avant de prendre le volant, elle s'était violemment disputée avec Françoise.

Un dimanche midi, à la mi-novembre, nous fêtons l'anniversaire de Maud chez son père, à Bois-Colombes. Sa grande sœur, Jeanne, est là pour le week-end, elle est venue de Marseille.

Pour le déjeuner, son père a préparé une blanquette de veau, le plat préféré de Maud.

À l'apéritif, Jeanne nous explique qu'elle s'est séparée de son compagnon. Elle semble soulagée. Nous mangeons des crevettes et des petits-fours. Lorsque nous passons à table, le père de Maud ouvre une bouteille de meursault 1er cru. L'ambiance est chaleureuse. Le plat principal est délicieux. Le père de Maud s'intéresse à mon métier, il essaie de comprendre pourquoi je n'ai pas continué mes études de philosophie. Il me demande ensuite si je fais du sport, la cuisine, il veut savoir ce qui me passionne en dehors du travail. Je ne sais pas quoi lui dire. J'ai envie de lui répondre *votre fille*, mais je me tais, j'ai peur d'être ridicule. Maud, elle, fait du yoga et nage plusieurs fois par semaine, comme sa sœur.

On va chercher les fromages et la salade. Tout est réussi et très bon. Je me sens accueilli.

Pour le dessert, le père de Maud a préparé un gâteau au chocolat et une crème anglaise.

Maud souffle ses vingt-sept bougies.

Nous rejoignons ensuite le salon, où nous avions pris l'apéritif, pour boire le café. Je m'installe dans le canapé, légèrement ivre. Un tableau coloré représentant un lion est accroché au-dessus d'une commode noire, en face de moi. Il y a une grande baie vitrée qui donne sur la résidence. L'agencement de la pièce est similaire à celui de notre premier appartement, à Versailles, je repense aux aires de jeux à l'extérieur, au square et aux bacs à sable, à bonne-maman, qui est toujours à l'hôpital.

D'un coup, je me mets à parler d'elle. J'explique qu'après son accident de voiture, on lui a découvert une tumeur cancéreuse à l'œsophage – les médecins disent qu'elle résiste bien. Maud est pessimiste.

Son père change de sujet : il me parle de son club de tennis, du centre d'entraînement de la ligue des Hauts-de-Seine et du Masters de Paris-Bercy qui vient de se terminer. Novak Djokovic a battu David Ferrer en finale – je ne connais pas Ferrer, j'avoue mon ignorance ; le père de Maud est surpris. Il me demande si je suis déjà allé à Roland-Garros. Je n'ai pas le temps de lui répondre qu'il s'exclame : « Maud t'a dit, au moins, qu'elle avait été ramasseuse de balles là-bas ? »

Non, je n'en savais rien.

« Deux années de suite ! » s'amuse sa sœur.

Son père sourit. « Elle était fan de Goran Ivanisevic. Elle avait des posters de lui partout dans sa chambre. »

Je suis étonné.

« C'est à peu près à la même époque, renchérit sa sœur, qu'elle se prenait pour une star de la danse. Elle passait son temps à danser la lambada dans sa chambre. Elle se prenait pour la fille du clip ! Elle mettait un T-shirt et une jupe de tennis et hop, c'était parti !

— Arrête ! s'exclame Maud en souriant. N'en rajoute pas. Je ne le faisais pas tout le temps non plus ! »

Nous rions.

« Mais c'est vrai que je rêvais vraiment d'être la fille du clip… dit-elle, puis un peu espiègle et timide à la fois : Je me souviens aussi que j'aimais tellement cette chanson que je m'étais dit que, plus tard, si on avait une maison de vacances au bord de la mer, je voulais qu'on l'appelle *La Lambada*… Je trouvais que ça sonnait hyperbien ! »

Nous éclatons de rire ; le père de Maud en a les larmes aux yeux. Notre joie se prolonge. Nous reprenons peu à peu notre souffle.

Maud se souvient alors que c'était le dernier été avant que leur mère tombe malade. Son père, sa sœur et elle se regardent aussitôt avec affection. Son père se rapproche d'elle et l'enlace. Il y a un silence.

MARIAGE

La discussion reprend autour des cadeaux. Son père lui offre deux places pour aller voir un ballet au Palais des Congrès, et sa sœur, un soin du visage et un massage dans un institut de beauté.

Je lui ai offert deux jours plus tôt un pull et des bottines en daim.

À un moment, le père de Maud s'agace quelque peu et me demande d'arrêter de le vouvoyer et de l'appeler par son prénom : « Jacques ! »

Nous repartons en fin d'après-midi. Pendant le trajet du retour, sur le scooter, j'ai envie de crier à tout Paris que j'aime Maud pour une vie entière.

Nous sommes rue Alibert, je rentre du travail, il est vingt heures passées. Je m'approche de Maud pour l'embrasser, mais elle se décale et fait un pas en arrière. Elle passe sa main dans son cou, embarrassée. Je suis paralysé. Est-ce mon comportement ? Ai-je fait une erreur ? Une faille s'ouvre en moi.

Elle me regarde et me dit, prévenante : « C'est peut-être à cause de ce que tu as mangé ce midi – je ne sais pas –, mais tu n'as pas très bonne haleine. »

Mon corps se crispe, je suis vexé, je la fusille du regard.

Maud s'étonne, puis sourit : « Bah, ne le prends pas comme ça, chéri, ce n'est pas de ta faute. » Elle s'approche de moi et essaie de me caresser la main. Je la repousse et m'éloigne d'elle. Je l'ignore.

« Pierre, m'interpelle-t-elle. Tu fais la gueule ? »

Je lui tourne le dos.

« Pour ça ? insiste-t-elle. Mais je te l'ai dit gentiment. »

Je ne lui réponds pas.

MARIAGE

Elle s'agace : « Eh bien, vas-y, fais la gueule, comporte-toi comme un con si tu veux. C'est un comble, c'est quand même pour moi que c'est le plus pénible si tu as mauvaise haleine… »

L'assaut est immédiat. C'est incontrôlable. Je me sens amputé de tout attrait de séduction. Mon sang bouillonne. Je suis castré. J'ai peur de ma réaction. Je remets mon manteau et quitte l'appartement.

En descendant les escaliers, une voix me dit : *Ne fais pas de drame, Pierre, ne fais pas de drame*. Mais c'est déjà trop tard, je suis sorti de l'immeuble, je me dirige vers le canal. Des phrases se succèdent dans ma tête : *Connard, regarde-toi, tu ne peux pas aimer, regarde-toi, tu te sens humilié pour rien*. Je ne veux pas que les crises d'angoisse et d'hystérie recommencent – je ne veux pas rater mon histoire avec Maud : j'ai déjà raté ma vie, mes études, mon métier. Je marche le plus vite possible. Une voix se met à hurler à l'intérieur de moi – je suis en larmes.

Mamaaaaaaaan !

Je ne tiens pas.

Je ne comprends pas.

Lorsque je rentre deux heures plus tard, calmé, après avoir parcouru plusieurs kilomètres, Maud est en train de se brosser les dents dans la salle de bains. Elle est en pyjama – un T-shirt blanc et un pantalon africain rouge avec des motifs dorés –, elle s'apprête à aller se coucher. Elle ne veut pas me parler.

SALE BOURGE

Il fait froid dans l'appartement. J'augmente le chauffage de la pièce principale. J'essaie de ne pas trop me mépriser. Je respecte son mécontentement. Je me demande combien de temps elle va tenir. Je m'en veux, j'ai honte de cette pensée – comme si une partie de moi aspirait à être rejeté.

Pendant la nuit, soucieux, je me dis que je devrais peut-être retourner voir le psychiatre-psychanalyste que je consultais pour mes problèmes d'angoisse.

Je ne l'ai pas vu depuis six ans.

Ça serait pour moi une immense défaite – comme l'arrêt de mes études de philosophie.

Nous emménageons dans notre nouvel appartement, rue Custine, dans le dix-huitième arrondissement, le 15 janvier 2014.

Deux jours plus tard, nous réservons des billets d'avion pour aller à Prague fin mars.

Nous sommes dans le lit. Je ne suis pas très enthousiaste mais Maud souhaite m'épiler les poils du nez avant qu'ils deviennent trop longs. Je préférerais qu'elle utilise des ciseaux. Elle se fiche un peu de moi, me rassure d'un air amusé, me rappelle qu'elle est médecin quand même. Je cède, je lui demande de faire attention.

Elle m'arrache un premier poil. Je sursaute instantanément, mes yeux deviennent humides, je rougis de douleur et jure sans réserve. Je la repousse vivement.

Mais Maud explose de rire. Sa joie est communicative. Je ris avec elle. Elle se tord, mets ses mains sur son ventre. Elle me regarde, les larmes aux yeux : « On recommence ? »

Je n'ai pas le temps de réagir qu'elle éclate à nouveau de rire.

Je rentre du badminton – depuis janvier, je joue avec un collègue de travail, le jeudi soir. Maud est dans le salon, assise au pied du canapé, en survêtement et sweat à capuche. Elle se lève et vient vers moi. « Tu peux me prendre dans tes bras, s'il te plaît ? »

Je l'enlace, elle pose sa tête contre mon épaule et m'étreint.

« Je suis triste, murmure-t-elle.

— Qu'est-ce qu'il y a ?

— Une patiente est morte aujourd'hui. J'ai dû l'annoncer à sa fille. Ça m'a fait penser à maman. »

Le fait qu'elle ne dise pas *ma mère* me dérange. Elle se blottit contre moi. Je n'arrive plus à la prendre dans mes bras avec empathie. Elle le sent. Nous restons ainsi un long moment.

Elle va ensuite dans la cuisine. Je lui demande d'une voix atone : « Tu veux qu'on commande des sushis ? »

Elle me répond sans conviction : « Oui. »

MARIAGE

Je lui propose de regarder des épisodes d'une série qu'elle aime bien. Elle accepte. Je sens qu'elle attend quelque chose de moi ; je ne le supporte pas. J'essaie de me tempérer.

Elle s'installe sur le canapé. Je me mets à côté d'elle. Elle se décale. Je n'insiste pas. Mais j'ai l'impression qu'elle fait l'enfant, qu'elle manque d'autonomie, qu'elle fait un caprice. J'ai la sensation que si je commence à la rassurer, à chaque fois, après, elle sera en attente ; je ne m'en sens pas capable.

Prendre les gens qu'on aime dans les bras lorsqu'ils en ont besoin, est-ce un signe de soumission ? Qu'est-ce que je risque si je la console ?

Elle en demande trop.

Cette phrase jaillit dans mon esprit.

Je ne vais pas me sacrifier pour elle quand même.

Ces formules ne sont pas liées au présent, je le sais – j'ai peur.

Maud rompt le silence : « Pourquoi, à chaque fois que je te demande de me réconforter, tu fais l'inverse ? »

Elle a les yeux humides. Elle semble affectée.

« Quand il s'agit d'un détail, à la rigueur, je pourrais comprendre. Et encore, j'ai du mal à saisir le principe. Mais quand il s'agit de ma mère. »

Je ne sais pas, Maud, je suis désolé, me dis-je.

Puis elle ajoute, très calme : « Tu as un problème avec la tienne pour ne pas supporter que je parle de la mienne ? »

Cette remarque instantanément m'horripile. Je la trouve complètement puérile. Maud le perçoit. Je m'agite.

Elle se lève du canapé et me dit : « Tu pourras manger tes sushis et regarder ta série sans moi. Bonne nuit. »

Je la laisse partir. Je ne réagis pas.

L'interphone sonne. Je vais réceptionner les sushis.

Le lendemain matin, au réveil, Maud m'explique qu'elle a un anniversaire avec des amis le soir, qu'elle rentrera tard et que ça ne sert à rien que je l'attende. Elle est extrêmement froide. Je n'ose pas lui demander si je peux venir avec elle.

En prenant son manteau dans l'entrée, elle me lance, incisive : « Espérons pour toi que je ne rencontre pas quelqu'un de très réconfortant si je lui parle de ma mère. »

Elle m'adresse ensuite un sourire sarcastique et part au travail.

Le soir, dans le lit, elle me manque. Ne pas la voir, ne pas m'endormir avec elle, est une épreuve. Je m'endors, en sueur, inquiet : il est trois heures du matin et elle n'est toujours pas rentrée.

Vers cinq heures, j'entends la clé dans l'entrée. Dans la chambre, elle se déshabille rapidement, se brosse les dents, et vient se blottir contre moi sous la couette. Elle sent fort l'alcool. Elle m'enlace et, sa tête dans mes cheveux, chuchote : « Je te pardonne,

Mariage

mais ne recommence pas... » Elle est en petite culotte. Elle me serre la main, je l'étreins aussi. Elle se colle un peu plus contre moi, puis s'endort en ronflant légèrement.

Bénédicte m'appelle. Je suis dans mon bureau, porte de Pantin. Je décroche. Je regarde le canal de l'Ourcq et les toits de la Cité des sciences par la vitre. Mon costume me serre.

Bénédicte vient d'avoir notre mère au téléphone. Bonne-maman est morte, il y a une vingtaine de minutes.

Je tressaille. Nous devons partir à Prague dans trois jours.

L'enterrement aura lieu a priori samedi matin à l'église Notre-Dame-de-Grâce de Passy.

Notre avion décolle le même jour à onze heures.

« Tu sais que bonne-maman et Françoise n'ont pas réussi à se réconcilier, malgré les efforts de maman. »

J'ai le sentiment que ma sœur, sans être réellement affectée par le décès de ma grand-mère, éprouve le besoin de parler.

« Bonne-maman a quand même couché avec Georges pendant des années... Même après la mort de bon-papa. Elle l'a toujours défendu. Même quand il a cherché à agresser maman. Tu étais au courant de cette histoire ? Bonne-maman le laissait rentrer dans la salle de bains pendant que maman ou Françoise prenaient leur douche. Il mettait les mains aux fesses de tout le monde. J'ai appris récemment que Claude s'est suicidé juste après que son père avait découvert son homosexualité. Georges a été d'une violence inouïe avec lui, il l'a renié du jour au lendemain. Je ne sais pas comment on peut faire ça à son fils. »

Je n'arrive pas à l'écouter, je suis contrarié et perturbé par ce qu'elle me confie.

« Et tu viendras avec ta copine. Maud, c'est ça ? me relance ma sœur.

— Oui, peut-être, je ne sais pas. »

Je trouve un prétexte pour clore la discussion. Je lui demande de saluer Thomas, son petit ami, de ma part. Elle m'embrasse. Nous raccrochons. Je suis obnubilé par le fait que si je vais à l'enterrement de bonne-maman, je dois annuler mon week-end à Prague. Je fais tomber mon téléphone par terre, l'écran se fissure.

Je sais que Geoffroy ne fera pas l'aller-retour depuis l'Argentine pour l'enterrement de bonne-maman.

Le soir même, j'écris un SMS à Bénédicte et Olivier pour les prévenir que je ne serai pas à l'enterrement. Je prends aussi la décision de ne rien dire à Maud.

Vendredi matin, mon père me laisse un message – le premier ou le deuxième en cinq ans. Je l'écoute : « Bonjour Pierre... *Il se racle plusieurs fois la gorge.* C'est ton père. J'ai appris... *Il tousse....* J'ai appris que tu envisageais de ne pas venir à l'enterrement de ta grand-mère. Bon. Ma mère m'a toujours dit : la famille, c'est comme une meute, c'est fait pour se serrer les coudes. Donc pense à ta mère s'il te plaît. Voilà. *Il y a un silence. Il reprend.* C'était ton père. *Il y a un nouveau silence.* Et concernant cette Maud, je n'ai pas d'avis à te donner... Mais si elle préfère partir en week-end plutôt que de t'accompagner à l'enterrement de ta grand-mère, il faudrait mieux changer de petite amie ! Voilà. C'est dit. Maintenant, je raccroche. »

Il raccroche.

Lorsque le réveil sonne samedi matin à sept heures quinze, je suis d'une humeur noire. C'est une journée à risque, me dis-je. Ce qui m'entoure me débecte. Je me déplace dans l'appartement, vais dans le couloir. Rien n'est à sa place. Je retourne dans la chambre. Je dois préparer ma valise, j'hésite à prendre ma douche. J'ouvre les tiroirs de la commode. J'ai la sensation que mes vêtements sont mal pliés, qu'ils ont mal été lavés, qu'ils ont tous raccourci et qu'ils peluchent plus qu'avant. Je touche un pull, sa matière me semble rugueuse. J'ai un tic nerveux, un deuxième, je suis à deux doigts de frapper la porte du placard à côté de moi.

Maud arrive dans la chambre, me dis bonjour, me demande si tout va bien. Je suis extrêmement froid. Elle ne réagit pas, me laisse dans cet état. Je sors un jean du placard, je l'enfile, le tissu me gratte. J'interroge Maud : « Est-ce que tu trouves que la matière de mon jean a changé ? » Elle vérifie, interloquée. Elle me répond : « Non. » Puis se dirige vers la salle de bains.

« Tu ne voulais pas te doucher maintenant ? » me questionne-t-elle en enlevant son pyjama.

J'observe son corps, sa poitrine, son ventre, ses dents. Je la trouve belle. Je me déteste. Je me demande ce qu'elle fout avec moi. Elle entre dans la salle de bains. Elle ferme les portes de la douche. Je pense aux joints qu'il va falloir bientôt changer, j'ai envie de massacrer quelque chose.

Je sors de la chambre, je finirai mes bagages plus tard. Je passe par le salon.

Maud, elle, a déjà pris son petit déjeuner. Elle s'est levée plus tôt pour avoir le temps de se préparer tranquillement. Cette précaution – ce confort qu'elle s'octroie – m'exaspère. Un désir de vengeance me tiraille. Des formules comme *Et tu crois que c'étaient quoi les départs en vacances avec six enfants et une mère qui hurle en permanence ?* surgissent et accaparent mon esprit. J'ai envie d'écraser quelque chose, de rabaisser le monde, de le mettre au niveau de l'estime que je me porte présentement, à savoir le mépris le plus total.

Je me sens ficelé, ciselé. Je hais notre société de confort. Le positivisme et la bonne humeur. J'ai été façonné autrement. Dressé. Névrosé comme un chien. Le bonheur des gens, leur bien-être m'écœurent. Je n'arrive pas à tenir mes émotions à distance – je suis même prêt à me laisser entièrement dominer par elles.

Je pénètre dans la cuisine.

MARIAGE

Maud a mal refermé le bouchon du sirop d'érable – et il y en a sur le plan de travail, ça colle.

Comme si elle vivait seule. Comme si je n'existais pas.

J'ai honte de moi, de ces pensées. Je vis tout comme un affront.

Je cherche une éponge, elle n'est pas à sa place. Je redoute l'instant où Maud va revenir et me dire : « Tu n'oublieras pas de descendre les poubelles, chéri ? »

Le ton que j'invente dans mon esprit n'est pas celui de sa voix.

Je me conspue. J'ai envie de faire mal, de briser quelque chose – et que l'aigreur qui me ronge se déverse dans tout Paris, qu'elle nous empêche de respirer, puisque depuis toujours, c'est permis dans l'intimité, dans les foyers : de se hurler dessus, se cogner, s'agresser, s'injurier, se juger, s'humilier, se soumettre, se violer.

Je prends le torchon à côté de moi et le serre dans ma main. Je ferme les yeux et respire par le ventre, tente de me calmer.

Je ne suis pas mes pensées.

C'est un mauvais moment à passer.

Elles existent en moi, mais je ne suis pas elles. Quand je vais retrouver de la sérénité, elles vont disparaître.

Tiens bon.

Maud n'y est pour rien, elle peut t'aider.

Nous arrivons à l'aéroport. Il est dix heures vingt. L'enterrement commence dans dix minutes. Il doit y avoir du monde sur le parvis de l'église Notre-Dame-de-Grâce de Passy. J'imagine les tenues, les costumes mal coupés, les cravates, les boucles d'oreilles des femmes, les parfums trop chargés, l'odeur des vieux et des eaux de Cologne datées.

Nous ne sommes pas en avance. Maud me prie de me dépêcher. Nous traversons le Terminal 2F. Nous atteignons la zone d'embarquement, la file d'attente est longue.

Je mens à Maud depuis ce matin – depuis trois jours. Je pense d'un coup à tous les propos humiliants que j'aurais pu entendre sur le métier de son père, son milieu d'origine.

Maud me sourit. Elle a les réservations à la main. Elle sort sa carte d'identité.

Je glisse ma main dans la poche intérieure de mon manteau. Je ne sens rien. Nous sommes les prochains à enregistrer nos bagages. Je vacille. Je me vois poser mon portefeuille dans l'entrée, à côté des clés. Je ne l'ai pas pris. Je fouille partout, dans toutes les poches de mon sac à dos, dans ma valise.

Maud se retourne. Des gens maugréent derrière moi. Je transpire abondamment.

« Qu'est-ce qu'il y a ?

— Je n'ai pas ma pièce d'identité. »

Les gens derrière nous veulent passer. Maud ne réagit pas. On doit entonner les premiers chants religieux dans l'église.

MARIAGE

Maud me regarde : « Mais on fait quoi ? On retourne à la maison ? On prend le prochain vol ? »

Je prononce ces mots, complètement vide : « On enterre ma grand-mère. »

Maud est abasourdie.

Dans le RER, en direction de la gare du Nord, le silence est lourd. Nous entendons les roues du train heurter les rails. Il y a des secousses. À chaque arrêt, l'air qui pénètre dans la rame me semble glacial. Maud a posé mécaniquement sa main gauche sur ma cuisse droite. Elle ne parle pas.

Lorsque nous arrivons à l'appartement, rue Custine, je saisis mon portefeuille et le mets dans mon sac. Nous avons une heure trente devant nous avant de repartir à Roissy prendre un autre avion, en fin d'après-midi.

Nous nous installons dans le salon. C'est l'heure du déjeuner, mais aucun de nous deux n'a faim. Maud me demande : « Tu veux y aller, Pierre ? C'est encore possible. Si tu veux, on annule le week-end, ou on part demain, et tu y vas. Il y a bien une réception après la cérémonie ? Tu veux que je vienne avec toi ? »

J'avale ma salive, difficilement. Je ne parle pas. Maud se tait un long moment, pensive.

MARIAGE

Elle reprend : « Mais tu leur as dit quoi précisément à ta famille ? Ils savent qu'on est ensemble, qu'on avait prévu d'aller à Prague ? » Elle marque une pause. Puis poursuit : « Tu penses à l'image qu'ils vont avoir de moi s'ils croient que c'est moi qui ai voulu qu'on aille en week-end à Prague plutôt qu'à l'enterrement de ta grand-mère ? »

Je ne dis pas un mot.

« Pierre, pourquoi tu n'arrives pas à parler ? Il s'est passé quelque chose ? Il y a un problème avec ta famille ? Je suis là, tu sais, je ne cherche pas à... à t'enfoncer. Même si je suis choquée. La seule chose que je te demande, c'est de m'expliquer ce qui ne va pas. »

Je l'interromps et sors de mon mutisme.

« Je ne peux pas. »

Je suis sec, presque agressif.

« Comment ça, tu ne peux pas ? »

Maud s'agace légèrement et tapote la table avec ses doigts. Une minute passe. Elle lance, plus vive : « Écoute, là, j'atteins mes limites. Ça fait une heure que je prends sur moi, donc soit tu me parles, soit je vais faire autre chose. »

Mes limites. Cette expression me tend encore plus. Je lui jette un regard et lui lâche, méprisant : « Tu vas te barrer, là ? »

Elle craque : « Je n'ai pas dit ça, j'ai dit faire autre chose, putain ! Mais si tu veux que je me barre, je me barre ! Dis-le-moi tout de suite, ça sera plus simple plutôt que de rester plantée là comme une conne devant toi à attendre que tu ouvres la bouche ! »

Ouvrir la bouche.

J'ai peur d'une seconde à l'autre de cracher à Maud un cinglant *Ferme ta gueule*. Je prie au plus profond de moi-même pour qu'elle parte.

Maud se lève et se rapproche de moi, plus calme, maternante – elle fait un dernier effort.

« Ne m'approche pas, lui dis-je.

— Je ne suis pas là pour te crier dessus, Pierre. »

Elle s'accroupit devant moi et essaie de prendre mes mains dans les siennes.

Je hurle : « Ne m'approche pas, je te dis ! »

Elle est cueillie par la violence de mon cri et me gifle. Je la projette au sol. Je me mets sur elle et bloque ses bras. Puis je lève mon poing au-dessus d'elle et crie : « Tu cherches quoi ! Tu cherches quoi ! »

Une seconde après, je me retrouve debout, les mains sur la tête, et frappe de toutes mes forces le mur en face de moi avec mon poing. Du plâtre et du sang giclent.

Je disparais de l'appartement dans la minute qui suit.

Je ne vais ni à l'enterrement ni à Prague.

Une fois dans la rue, je ne sais pas qui appeler. Je n'oserai jamais dire à qui que ce soit ce qui vient de se passer.

Trois mois plus tard, je suis dans un café, rue Étienne-Marcel, juste à côté du cabinet d'avocats dans lequel travaille Olivier. Je l'attends.

Il arrive vers dix-neuf heures trente. Ses cheveux bruns ont poussé ; ils bouclent légèrement, comme ceux de notre mère. Il a l'air apaisé. Lui qui était si maigre a pris du muscle, son allure est sportive. Il m'explique qu'il a commencé la boxe française. Il fait du théâtre aussi. Sa voix est calme. Paul, son compagnon, doit nous rejoindre bientôt. Olivier est le seul à savoir que j'ai été violent avec Maud.

Quinze jours après l'enterrement de bonne-maman, Maud s'est remise avec moi, contre l'avis de son père et de sa sœur.

Olivier prend de mes nouvelles. Je lui réponds que ça va, que ça va *mieux*.

Je ne sais pas si je devrais en parler tout de suite. Je suis hésitant. Puis je lui confie, intimidé : « Je vais la demander en mariage. »

Il ne réagit pas. Je poursuis : « J'ai besoin de tout purifier, je crois, de clarifier les choses, de lui démontrer ma fiabilité. Je me fais confiance. »

Je le sens réservé mais il ne me juge pas.

« Si tu te fais confiance et que tu penses que c'est une bonne chose. » Puis il ajoute – certainement pour ne pas sonder plus profondément mes motivations : « Et tu veux te marier où ? En famille ? Tu veux faire une réception ? »

Je lui réponds qu'il faut déjà qu'elle dise oui, que je n'ai pas encore réfléchi à tout ça mais qu'a priori, on le fera à Paris, en petit comité.

Paul arrive, il nous interrompt. Il nous prie de l'excuser pour son retard – il travaille dans un cabinet d'audit, à Neuilly, c'est loin. Il nous sourit. Il regarde ce que nous avons commandé. Olivier a pris un café ; moi, une eau gazeuse. Il fait signe au serveur et commande un spritz.

Pour une raison qui m'échappe, ni Olivier ni moi n'évoquons l'annonce que je viens de lui faire. Nous n'avons même pas besoin de nous concerter, nous nous taisons.

Au moment de se séparer, Olivier me retient et me dit : « Si tu te maries, il faut vraiment que tu voies maman avant, c'est important. »

Je le regarde, perplexe.

« Elle a changé, tu sais, ajoute-t-il.

— Arrête.

— Si tu crois qu'elle a été la mère qu'elle aurait aimé être... »

Mariage

Je deviens acerbe.
« *S'il te plaît.* »

Je suis assis devant mon psy. Depuis l'enterrement de bonne-maman, je vais le voir une fois par semaine. Nous sommes fin septembre.

Je lui demande si je souffre d'un trouble de la personnalité *bordeline*. Dans quelques jours, je pars à Rome avec Maud. Je veux savoir si je souffre d'une maladie avant de la demander en mariage.

Mon psy est dubitatif, son front se plisse, il m'explique qu'il ne croit pas, à proprement parler, aux troubles de la personnalité, que ce sont juste des catégories pour que les psychiatres se comprennent entre eux, notamment au niveau international.

Je m'interroge : y a-t-il une catégorie de personnes à qui nous devrions interdire d'aimer ? Fais-je partie de ces gens-là ?

Je suis dans notre lit, dans notre hôtel, à Rome. Maud dort à côté de moi. Tout est organisé. Demain, après le dîner, je fais ma demande. J'ai déjà acheté une bague.

Le dîner est merveilleux. Nous sommes dans le restaurant étoilé d'un palace romain. Maud ne sait pas qu'une chambre est réservée à notre nom ici même et que nous dormirons là ce soir. Je me suis arrangé avec le précédent hôtel pour faire transférer nos affaires.
Maud est très élégante, son maquillage est délicat. Elle porte une robe que je lui ai offerte il y a un an et qu'elle aime beaucoup. J'ai mis une chemise, achetée avec elle dans une vente privée, qu'elle adore.
Elle passe sa main dans son cou. Je ne sais pas si elle se doute de quelque chose.
Dans la journée, nous sommes allés à la Galerie Borghèse, nous avons flâné, il faisait beau.
J'aimerais qu'elle se détende. Elle a enchaîné beaucoup de nuits de garde dernièrement. Je prends en

main la conversation. Nous parlons de voyages, de gastronomie, de vin, de cinéma, nous échangeons sur Fellini et Pasolini. *Salo ou les 120 jours de Sodome* est l'un des films que Maud déteste le plus. Parmi ceux de Fellini, je lui confie que j'ai préféré *Huit et demi* à *La Dolce Vita* et que *La Grande Bellezza* est le meilleur film italien que j'ai vu ces dernières années. Je sais qu'elle a préféré *Il divo*. Nous en discutons. Elle revient sur *Salo ou les 120 jours de Sodome*. Elle cherche à savoir si c'est une posture ou si j'ai vraiment aimé ce film. Je lui réponds que je suis sincère. Je trouve que c'est une œuvre dérangeante, mais subtile, sur l'exercice du pouvoir, qu'elle montre de manière métaphorique une violence qu'on ne veut pas voir dans notre vie. Je parle ensuite d'*Eyes Wide Shut* et de l'ambivalence de notre désir. Maud n'aime pas non plus ce film, ni Kubrick en général.

Le plat principal nous laisse bouche bée. Au dessert, je repense d'un coup à un ami, en fac de philosophie, qui était fan de Gramsci. Je le garde pour moi, je n'ose pas parler de philosophie avec Maud. Je me trouve inintéressant et confus.

Nous ne prenons ni café ni digestif. Je demande l'addition. Le serveur commet une double maladresse : il souhaite savoir le numéro de notre chambre et si je veux mettre le repas sur la note.

Maud comprend tout de suite, il y a quelque chose d'enfantin et de réjouissant dans sa réaction. « On dort ici. » Son sourire est large. « Mais comment tu as fait pour les affaires ? »

MARIAGE

Je l'invite à se laisser guider, j'essaie de me comporter comme un héros de film. Nous montons les escaliers fastueux. Tout autour de nous est raffiné et éclatant : les sculptures, les marbres, les lumières, les lustres.

Nous arrivons à notre étage. Les boiseries sont magnifiques. Les murs sont recouverts d'une tapisserie vert et or déroutante.

Nous sommes devant la porte de la chambre 103. J'ai fait livrer dans l'après-midi un immense bouquet de fleurs et commandé du champagne. De Paris, j'ai sélectionné l'un des fleuristes les plus créatifs de Rome.

Maud ouvre la porte. Je suis derrière elle. Lorsqu'elle découvre le bouquet de fleurs posé sur la table basse de notre suite, elle perd légèrement l'équilibre et s'affaisse contre moi, la main sur le cœur. J'ai la sensation d'être à la hauteur pour la première fois depuis le début de notre relation. Elle se retourne vers moi, enlace mon cou et m'embrasse. Avant de fermer les yeux, je regarde ses escarpins rouges.

Vingt secondes plus tard, après l'avoir amenée jusqu'au bouquet de fleurs, je la demande en mariage.

Le moment est solennel.

Elle me dit *oui*.

Nous sommes rentrés à Paris.

Maud me confie avec beaucoup de tact et de douceur qu'elle n'aime pas beaucoup la bague que je lui ai offerte, que c'était très osé de ma part de l'avoir achetée sans vérifier au préalable si elle l'apprécierait ou tout simplement même si elle lui irait.

Je ne m'énerve pas, je reste calme.

Je présente Maud à mes parents un vendredi soir, dans un restaurant près des Invalides.

Dix jours plus tard, je leur annonce par mail que nous voulons nous marier en petit comité, à la mairie, et que nous ne souhaitons organiser aucune festivité particulière ensuite, à part un repas entre amis. Ce mariage pour nous, c'est juste une formalité, mais s'ils veulent venir, ils sont évidemment les bienvenus, à la mairie.

Je transfère ce mail à mes frères et sœurs.

Augustin – qui vit maintenant à Bordeaux après avoir terminé son école de commerce à Angers – m'appelle. Il est énervé. Il ne comprend pas.

« Tu as honte de nous ! C'est ça ? »

Je lui explique que je n'ai pas dit *ça*.

Un matin, j'observe Maud prendre son petit déjeuner devant moi. Je me dis que j'aimerais bien avoir un enfant avec elle.

Le lendemain, une dispute éclate.

Je suis dans le couloir, j'attrape Maud par les poignets et serre de toutes mes forces, puis la relâche. Ma respiration est animale. Je vois son visage. Elle reste calme, comme si elle était en mission. Je ne sais pas ce qui m'a pris. Mes oreilles bourdonnent.

Maud me prend les mains, les caresse, me rassure, effleure mon visage. « Ça va aller, répète-t-elle, ça va aller. Je suis là, Pierre. Je t'aime. Ça va aller. Je te jure. Crois-moi. On va y arriver. »

Le mariage a lieu à Paris en février 2015.

Maud, à la mairie, est somptueuse. Le soir même, après le dessert, alcoolisé, je me dis, les larmes aux yeux, que c'est le plus beau jour de ma vie.

Nous sommes dans un restaurant italien, près de la Bourse, entre amis. Elle a retiré sa robe de mariée un peu plus tôt dans la soirée. Elle porte maintenant une tenue blanche encore plus subtile et sensuelle.

Seul Olivier mon frère est présent à la soirée – avec Paul. Je regrette qu'ils n'aient pas eu le courage de venir ensemble à la mairie. Je me demande combien de temps encore Paul va le supporter.

À la mairie, mes parents et mes frères et sœurs – à part Augustin – étaient là. Ma mère s'est efforcée de faire comme si tout allait bien.

Je suis sur le canapé. J'ai envie de reprendre le dessus, d'imposer mon rythme, qu'elle cède, qu'elle arrête de me critiquer, qu'elle m'aime comme je suis. Je fais tellement d'efforts.

Elle vient d'évoquer la mort de sa mère.

Elle est dans la chambre.

« Si tu ne viens pas tout de suite me parler, je te préviens : j'arrête ! »

Je suis éreinté par mon comportement et sa résistance. Les choses s'emmêlent, s'enfoncent, j'ai été violent avec elle une seule fois depuis le mariage, dans une voiture, à un moment très précis. On ne s'en sort pas. L'amertume et la douleur qu'elle a accumulées depuis ce jour semblent irréversibles.

Je n'ose pas bouger du canapé. Je me concentre sur ma respiration. Le conflit est une addiction, me dis-je.

Un quart d'heure plus tard, j'entends Maud pleurer. Ses sanglots me cernent.

Lorsque j'ouvre la porte, elle entre dans une colère noire.

« Dégage ! hurle-t-elle. Dégage ! »

Je suis sous le choc.

Elle me jette au visage ce qu'elle trouve sous la main, un oreiller, un livre, une couverture, elle est en larmes et crie : « Tu ne vois pas que tu inverses tout ! »

J'ai l'impression de l'avoir fait basculer. Même si je tiens, elle ne me pardonnera jamais. Elle ne voudra jamais d'enfant.

Elle ne sait pas quoi faire entre me sauver ou se sauver. Je suis perdu. Je tente de l'apaiser.

Je m'approche d'elle, confiant — c'est une journée noire pour elle, me dis-je, c'est à moi de l'aider aujourd'hui, elle déteste le 12 de chaque mois, à cause du 12 décembre, date du décès de sa mère. Nous devons partir en vacances à Chamonix dans quelques jours. J'essaie de la prendre dans mes bras.

De désarroi, elle me frappe. Physiquement, je ne sens rien, mais son malheur m'assaille — sa douleur. J'aimerais tellement arriver à changer.

Je me sens acculé. Je n'élève pas le ton de la voix et ne montre aucun signe de nervosité, mais je n'en peux plus. Je me dis : laisse-lui de l'espace, laisse-lui de l'espace. Si elle veut crier, *laisse-lui cet espace*, même si elle veut te quitter, *laisse-lui cet espace*, tu ne risques rien, elle ne t'appartient pas, tu ne peux pas la contrôler, ce sont ses émotions, concentre-toi sur ta respiration, ne t'accapare pas les choses, *laisse-la*

MARIAGE

vivre, même si elle hurle, même si elle perd ses moyens, même si elle te fait des reproches injustes, tu ne risques rien, ça va passer, dans le pire des cas, c'est la séparation, il ne faut pas réagir, peu importe le mariage, peu importent les projets... Il ne faut pas prendre les choses pour soi. Elle est désemparée. Irritée. Traumatisée. Violentée. Elle te déteste pour ce que tu as fait.

Je tente de nouveau de m'approcher d'elle, de la consoler.

« Laisse-moi. »

Elle me repousse.

« Ne crie pas, s'il te plaît... »

Elle me regarde exaspérée : « Je ne crie pas, je ne veux pas te voir ! Là je crie ! »

Je suis blotti dans le lit, contre Maud. Nous avons entamé une thérapie de couple.
Je sens l'odeur de ses cheveux.
Nous retrouvons des sensations.
Nous évoquons le fait d'avoir un enfant ensemble.

Maud est au milieu du salon. Elle se change, elle est en sous-vêtements.
Elle essaie des nouvelles chaussures à talons.
Elle me demande mon avis.
Elle enfile une autre jupe, puis une robe près du corps. Elle est belle, elle fait de plus en plus femme.

Nous passons un bon moment.

Il est 5 h 20 du matin. Le réveil sonne. Je suis dans le lit, à côté de Maud. Je dois me lever pour aller au travail. Les stores sont fermés. Je suis épuisé. J'appuie sur *mute*.

Huit minutes plus tard, le réveil sonne de nouveau. J'appuie sur *mute*.

Maud ne bouge pas.

Huit minutes plus tard, le réveil sonne encore. J'appuie sur *mute*.

Huit minutes plus tard, il est 5 h 44. Je n'ai pas le choix : j'appuie sur *stop*.

Je me lève.

Maud maugrée dans le lit et me dit, endormie : « La prochaine fois, est-ce que tu pourras ne pas faire sonner ton réveil quatre fois, s'il te plaît… ? »

Ma bouche est pâteuse. J'ai les yeux légèrement collés – je ne suis pas réveillé. Je me sens accusé, je sors d'un cauchemar, je hurle : « Mais va te faire enculer, Maud ! Va te faire enculer ! »

Sale bourge

Je sors aussitôt de la chambre en panique. Je hais ma mâchoire, mes réflexes, ma façon de mordre. Je vais dans les toilettes au fond de l'appartement. Je m'assois sur le siège sans relever le couvercle. Je tremble. Ma jambe droite est intenable. Je m'étais juré de ne pas recommencer. Je prends ma tête entre les deux mains. *Elle n'a rien fait, elle n'a rien dit.* J'essaie de réguler ma respiration, de me raisonner – de respirer par le ventre. J'ai envie de me frapper au visage. *Je ne pourrai pas être père.* Tout est fragile et instable en moi. La tension est dans mes mains, je ne tiens pas.

Maud.

J'entends ses pas dans le salon, les craquements du parquet. Elle ne peut pas rester calme, elle me demande sèchement d'ouvrir la porte.

Je transpire, je ne veux plus jamais vivre.

« Pieeerrre ! » hurle-t-elle.

Elle frappe alors avec son poing ou son pied dans la porte.

Le bruit me saisit à la gorge.

« Mais ouvre ! » crie-t-elle.

Je ne tiens pas – je ne tiens plus. On m'a enragé. Je sors des toilettes – ça hurle à l'intérieur de moi, je l'attrape au cou, je la plaque contre le meuble derrière nous. Elle n'a pas le temps de bouger, je la serre une fraction de seconde à la gorge puis la lâche. Mais c'est déjà trop tard.

Je suis fou.

MARIAGE

J'ai les larmes aux yeux, je regarde autour de moi, hagard.

Je prends un short sur le canapé, un T-shirt, enfile des baskets et sors de l'appartement.

Lorsque je reviens, vingt minutes plus tard, Maud est sur le canapé. Elle ne bouge pas. Les policiers sont là. Ils sont quatre : deux hommes, deux femmes. Maud ne me regarde pas, sa tête est baissée.

À 6 h 27, je suis mis en garde à vue pour *violences conjugales habituelles*.

Six minutes plus tard, je me déshabille dans une salle voisine des cellules et donne toutes les affaires que j'ai sur moi, dont mon alliance.

Puis j'entre dans la cellule, tout le monde dort. Il n'y a pas de place pour moi, au sens le plus concret du terme : je ne sais pas où m'asseoir.

Au moment où le chef de poste referme la porte de la cellule, une peur sans limite me saisit, je redoute littéralement de m'écrouler et de me mettre à pleurer devant tout le monde.

Tu n'es pas fait pour être là, tu n'es pas comme eux, tu ne connais pas les cellules, l'enfermement, la saleté, les odeurs, l'humiliation, la honte, ils vont te fracasser lorsqu'ils vont se réveiller, ils ne peuvent pas te laisser avec eux, ils ne peuvent pas, tu n'es pas comme eux…

Ma peur de l'étranger est indigne. J'essaie de me raisonner et de trouver une place où m'asseoir : je me baisse, je soulève les jambes d'un homme d'une quarantaine d'années, torse et pieds nus, qui dort au sol, il grogne, ma main est sur sa peau, je touche son talon, ses mollets, je le pousse encore, je me relève un peu, il se réveille, nos yeux se croisent, il me fixe, il a l'air surpris, son regard est tendu, puis il se décale et se rendort.

Pendant près d'une heure, je reste blotti, accroupi dans un coin. Je tente de contrôler mon angoisse, mes sensations d'étouffement et de violence envers moi-même.

Je ferme les yeux. Je viens de tout détruire.

Un peu plus tard, l'un des détenus se lève d'un coup et frappe de toutes ses forces la vitre de la cellule en criant : « Chef de poooste ! »

Je ne comprends pas ce qu'il veut. Il a réveillé les autres détenus, qui grognent. En fait, il a soif et veut aller aux toilettes. Le chef de poste arrive, ouvre la porte de la cellule et l'emmène. Les toilettes sont à quelques mètres ; elles ne ferment pas et on entend tout – l'odeur est intolérable. Il y a des graffitis sur tous les murs, de l'urine et des excréments séchés au sol. En moyenne, il y a six ou sept personnes dans des cellules initialement prévues pour quatre.

Dans la cellule à côté de la nôtre – je l'apprendrai bientôt –, il y a un détenu qui a poignardé un homme dans la nuit, il a encore du sang sur sa chemise.

Dans la cellule, à part Driss, ils sont tous unanimes : « Si ta femme porte plainte contre toi, c'est que tu peux pas lui faire confiance. »

Ils *tchipent*.

« Franchement, elle a des marques ? »

Ils *tchipent* encore.

« Pour de vrai, c'est une salope, non ? »

« C'est parole contre parole, de toute façon », ajoute Jamal pour conclure.

Hier, ils ont interrogé Driss et Jamal. Tarek, lui, a été entendu un peu plus tôt dans la matinée. Oussama va partir au dépôt dans trois quarts d'heure.

Sehan ne nous parle pas. Il a refusé d'uriner dans le gobelet de Driss pour éviter que celui-ci se fasse de nouveau incarcérer. Il a seulement dit qu'il avait quatre enfants, qu'il ne pouvait pas risquer de se mettre à ce point en danger. Sehan est surtout un enculé, disent les autres, un chien. C'est la quatrième fois qu'il est mis en garde à vue pour violences conjugales. Mais il

MARIAGE

le précise tout de suite : sa femme ne divorcera pas. Il lui en veut de faire autant d'histoires. Ce sont des esclandres pour lui. Il faut penser aux enfants, nous explique-t-il. Sehan est d'origine sri-lankaise. À un moment, il me fait comprendre qu'il déteste les Arabes, qu'il ne leur fait absolument pas confiance.

Oussama nous raconte que la dernière fois qu'il a été mis en garde à vue, lui, c'était à cause d'une « folle », une nana qu'il avait rencontrée dans un bar et avec qui il avait couché, chez lui, et qui, le lendemain, au réveil, était allée porter plainte contre lui pour viol. Tarek, Jamal et Driss se regardent, sourient et font une blague sur les Camerounais.

J'entends alors un policier crier mon nom – comme le faisaient les surveillants à Passy-Buzenval : « Desmercier. »

L'agent de police me demande de le suivre. Nous prenons l'ascenseur jusqu'au troisième étage, puis il m'enjoint d'attendre là, dans la pièce à gauche.

Pendant un instant, je me demande si Maud est dans les couloirs, si elle est en train de déposer plainte ou si, au contraire, elle va revenir en arrière et changer d'avis. Je me déteste de penser comme ça. J'attends encore dix minutes. Un autre policier vient me voir ; il me prend en photo, passe un coton sous ma langue et relève mes empreintes. Je sais qu'un peu plus tôt Jamal, lui, a refusé de donner ses empreintes – pour protéger son frère. Dans la cellule, Jamal m'a demandé, quand je serai sorti, d'aller voir son frère à Stalingrad afin de le prévenir ; pour une raison qui m'échappe, je sens que je le ferai. Aussi artificielle et superficielle soit-elle, il y a une forme de solidarité ou de respect entre nous.

On me conduit dans une pièce d'une dizaine de mètres carrés maximum. Il y a du brouhaha dans le couloir. On me fait asseoir. J'attends. Il y a un bureau, des chaises en plastique, des papiers, certainement d'autres dépositions. Puis deux agents de police arrivent, deux femmes. Elles s'assoient en face de moi.

Au début, elles me sourient, elles changent ensuite d'expression. L'interrogatoire commence. Elles me demandent de confirmer ma date de naissance, mon lieu de naissance, mon travail, ma fonction, mon statut marital, si j'ai des problèmes de santé, si je bois, si je prends de la drogue, si j'ai déjà été violent auparavant, en dehors de mon couple, si j'ai des antécédents, si je suis suivi par un psychiatre. Je réponds à tout, de la manière la plus transparente possible. Je veux démontrer ma bonne volonté, ne plus jamais mentir. L'une des deux femmes m'explique ensuite qu'elle va lire la déposition de mon épouse. Il y a un silence, puis elle sourit et commence sa lecture.

Ce qu'elle énonce à haute voix est terrible ; c'est d'une crudité et d'une vérité atroces. Ma gorge se serre. Je confirme les faits.

L'agent m'explique que Maud aurait pu bénéficier d'une ITT mais qu'elle ne l'a pas souhaité. Je ne sais pas ce qu'est une ITT. Elle me répond : « Une incapacité totale de travail. » Cette expression me heurte.

Sa collègue m'explique ensuite qu'au vu des faits, la juge qui est chargée de mon dossier va certainement demander une expertise psychiatrique. Maud a dit dans sa déposition que j'avais subi des violences physiques dans mon enfance. La policière tente de m'en parler. J'aimerais lui dire la vérité, me livrer, mais je m'interdis cette facilité. Je me déteste même d'y penser. J'ai l'impression soudain de participer à une émission de télé-réalité. Je me sens mal. « Vous savez, les enfants battus reproduisent souvent de la violence dans leur vie d'adulte », insiste-t-elle.

Une partie de moi a envie de crier : « Je ne suis pas un enfant battu ! Ce n'est pas ça ! C'est Maud, elle ne me comprend pas... »

Elle me tend alors la déposition pour que je la relise et me précise que c'est bientôt la fin de l'interrogatoire.

Je n'ai jamais vu autant de fautes d'orthographe. Je ne sais pas si je dois les corriger, ou les signaler. La description de mes comportements et de mes violences dans mon couple me paralyse : *L'interpélé reconnaît avoir été maltraiter dans son enfance et est près à changer. Il demande pardon à sa femme. Il reconnait avoir comis de grave erreurs, il dit qu'il l'aime et qu'il le regrete immensément.*

Quinze minutes plus tard, l'une des policières qui m'a interrogé revient me voir : a priori, la juge ne va pas demander d'expertise psychiatrique puisque je suis déjà suivi. Le silence qui ponctue cette phrase m'étrangle.

Quand je sors du commissariat, vers vingt heures, après quatorze heures de garde à vue, mes parents et Élise sont là.

Mon père vocifère contre Maud : « Mais elle est complètement folle ! Elle se rend compte pour ton travail ! »

Élise me dit : « C'est une perverse, Pierre, elle va te détruire. Tu n'aurais jamais dû te marier avec elle. »

Je rallume mon téléphone en urgence. Le premier SMS qui apparaît est un message d'Augustin : *Demande le divorce. Ne parle plus jamais à cette tarée.*

Mon père continue : « Mais c'est très grave ce qu'elle a fait, elle ne s'en rend pas compte ! Le préjudice est énorme ! Il faut que tu te défendes ! C'est à toi de demander des dommages et intérêts ! C'est à toi de porter plainte ! »

Ma mère à côté de lui semble ravagée. Elle essaie de s'approcher de moi. Je m'éloigne.

Mon père derrière elle poursuit : « Les problèmes, on les règle en famille, pas avec la police ! Je n'ai jamais vu ça ! »

Sale bourge

Je fuis. Je ne me retourne pas. J'accélère. J'ai honte de leur violence. D'être du même sang qu'eux. Je me sens sale.

J'entre dans le Lycamobile avenue de Flandres, que m'a indiqué Jamal. Il y a trois hommes devant moi, dans la boutique. Je leur demande si l'un d'eux est le frère de Jamal, mais personne ne me répond. Je réitère ma question, toujours aucune réaction. Je dis alors : « Jamal m'a dit de venir vous dire qu'il n'a pas donné ses empreintes. Il partira au dépôt ce soir ou demain matin, mais il n'a pas donné ses empreintes. » Personne ne réagit. Je pense que je me suis trompé, que je n'ai pas dû comprendre ce que m'a expliqué Jamal. Je sors du magasin.

Je suis à peine parti qu'un homme m'appelle et me fait signe de revenir. Le frère de Jamal est là. Ils sont quatre maintenant dans la boutique. Le frère de Jamal me tient par l'épaule, il me propose quelque chose à boire, m'invite à m'asseoir. Je lui dis que je ne peux pas rester, je lui répète le message, je lui explique que j'ai passé la journée avec son frère, il se méfie, je le décris, il acquiesce. Il me remercie et m'invite alors à manger gratuitement dans le restaurant d'à côté ou à me faire couper les cheveux juste en face. Je lui réponds que je dois vraiment y aller.

De retour sur l'avenue de Flandres, je me dis qu'à force de s'accuser d'une charge qui ne nous appartient pas, on finit par créer les conditions de son enfermement – et je rêve une ultime fois de tenir Maud dans mes bras, de me faire pardonner, mais son portable ne répond pas.

Vers vingt-trois heures, elle me prévient par SMS qu'elle est chez son père et qu'elle ne veut plus de contact avec moi.

Deux jours plus tard, j'enlève toutes mes affaires de l'appartement de la rue Custine. J'écris à Maud qu'elle peut en disposer autant de temps qu'elle le souhaitera et que je payerai ma part du loyer. Je m'installe dans l'ancien appartement de Paul qui vient d'emménager avec Olivier. Je vois mon psychiatre-psychanalyste deux fois par semaine pour contenir ma mélancolie et je garde mes distances avec ma famille. À chacune de mes respirations, je pense à Maud.

Trois semaines après, elle m'informe par courrier qu'elle va demander prochainement le divorce. Le lendemain, ma mère m'appelle pour m'inviter au restaurant, elle dit qu'elle a besoin de me parler, que c'est important.

J'accepte.

Nous avons rendez-vous lundi prochain.

Ce jour-là, j'arrive en avance au restaurant, une brasserie parisienne, près de la place de l'Opéra.

Je redoute ce tête-à-tête avec ma mère. Je ne sais pas comment être avec elle, je ne suis plus moi-même, je suis toujours trop fuyant, je n'ai plus de compassion malgré les années. Depuis la première dépression d'Olivier, je sais qu'elle voit un psy, mais mon existence est un tel échec que je ne parviens pas à avoir d'empathie pour elle. En face d'elle, je ne trouve pas de juste mesure et j'en ai honte. J'ai honte de moi et j'ai honte d'elle.

Lorsque je la vois entrer dans le restaurant, ma gorge se serre. Elle s'assoit à ma table. Je remarque qu'elle a fait attention à sa tenue. Mais ce corps devant moi m'est devenu étranger. Il subsiste une ultime froideur – une offense, quelque chose qui m'éloigne. Je ne sais pas comment faire.

Elle me regarde avec tendresse, me remercie d'avoir accepté son invitation. Elle cherche à savoir comment je vais, si je ne souffre pas trop, si j'ai eu des contacts avec Maud. Je lui réponds froidement que je n'ai pas eu de nouvelles. Elle n'insiste pas. Le serveur arrive, nous propose un apéritif ; je refuse. « Tu es sûr ? » s'enquiert ma mère. Le serveur nous laisse le menu. Ma mère me pose plusieurs questions, se renseigne sur les plats, le serveur revient, prend notre commande et repart. Il y a un silence, nous baissons les yeux, je ne peux pas soutenir son regard.

Puis elle prend la parole, avec une certaine gravité.

D'un coup, je suis effrayé, je n'ai pas envie d'être là. J'aimerais lui dire que Maud a demandé le divorce mais je n'en ai pas la force. J'ai presque envie de lui répondre : « Tout est déjà trop tard, maman, alors arrête, s'il te plaît, ça ne sert plus à rien, je t'en supplie. » Mais elle me dit : « Si je voulais te voir, c'est pour te demander pardon. »

Il n'y a aucune hésitation dans sa voix, aucun tremblement.

« Je sais que c'est un peu tard mais ça fait longtemps que j'y réfléchis. Je n'étais pas sûre que ça puisse t'apporter quelque chose, que ça ait un sens, et en fait, j'ai décidé de suivre mon instinct et de te le dire, car je pense que c'est très important en réalité. Pour toi, pour ta vie, pour que tu puisses avancer malgré ce qui s'est passé. »

À ces mots, je suis encore plus pétrifié. Je me mets à suffoquer – c'est insoutenable. Des sanglots m'empêchent de respirer.

Mais elle ne s'arrête pas. Elle continue à me regarder droit dans les yeux et entame la liste de toutes les choses qu'elle regrette d'avoir faites et me demande pardon pour les coups, les claques, la violence chronique, l'instabilité émotionnelle, l'insécurité, le poids qu'elle a fait peser sur moi, sur nous, le regret infini qu'elle a de ne pas avoir pris les choses en main plus tôt, et la souffrance que c'est encore, pour elle, *tous les jours*, d'avoir été la mère qu'elle a été.

Je ressens une émotion impossible à accueillir. J'ai envie de lui dire que ce n'est pas de sa faute, que ce n'est pas grave, mais en même temps ma vie est tellement douloureuse parfois.

« Tu sais, j'ai accumulé beaucoup d'injustices en moi, poursuit-elle. Beaucoup de colère. Et je n'avais pas assez de repères. Avec bonne-maman, Georges, le suicide de Claude. La mort de papa. On ne pouvait pas parler de ces choses-là à l'époque, il n'y avait pas vraiment d'aide. »

Je suis dans un état de confusion totale.

« Alors, quand on souffre, soit on est dans le rejet, soit on s'attache à ce qui nous est le plus accessible, à ce qu'on nous a inculqué. Et parfois, on reste entre les deux. »

Je me sens entièrement démuni. Ma mère, dans un instinct de protection peut-être, cherche à prendre ma main.

J'ai les larmes aux yeux. Je la repousse. C'est trop difficile pour moi.

« Pierre… »

Elle se rapproche de moi, pose sa main sur la mienne.

MARIAGE

« Ça va aller... »

Ses yeux rougissent. Elle me serre la main.

Je suis pris de convulsions, de larmes, et souffle de manière presque indistincte : « Elle demande le divorce, maman... C'est fini... »

Elle essaie de me répondre, mais c'est trop dur, je me lève, lui demande de m'excuser et me dirige précipitamment vers les toilettes. Le regard des gens dans le restaurant lorsque je bouscule une chaise en traversant la salle, pour la première fois de ma vie, ne m'atteint pas.

JUGEMENT

(2016)

Je suis convoqué à l'audience de la 24ᵉ chambre du tribunal de grande instance de Paris, 10 boulevard du Palais, le mardi 28 juin 2016, à neuf heures trente. Cette convocation a lieu deux mois et demi jour pour jour après ma garde à vue.

On m'a dit que dans les cas des violences conjugales, souvent, l'accusé cherche à se défendre, à décrédibiliser par tous les moyens sa compagne et à retourner l'accusation contre elle. Que dans la sphère dite privée – et ce, même si dans l'attente du procès une interdiction de s'approcher du domicile conjugal ou de prendre contact avec la victime sans le biais d'un médiateur a été prononcée –, il parvient à rester extrêmement menaçant et dominant : par ses messages, ses silences, ses allusions à des choses matérielles – appartement, pensions, etc. – et aux enfants quand il y en a. Le chantage qu'il exerce alors est odieux et radical, la plupart du temps, impossible à combattre.

Pour ma part, je suis resté silencieux.

Dans mon cas, c'est ma famille – hormis ma mère et Olivier – qui a voulu endosser ce rôle et me défendre. Selon eux, c'est Maud, aussi médecin et éduquée soit-elle, qui m'a poussé à bout. Ils en sont convaincus. Pour preuve, je ne m'étais jamais battu, je n'avais jamais eu de problème de violence avec qui que ce soit.

Je n'ai dit la date de ma convocation qu'à Olivier.

Au moment d'entrer dans le tribunal de grande instance, je me demande si Maud sera présente à l'audience.

Je passe les portiques de sécurité, tremblant, montre ma convocation, ma pièce d'identité. On me donne un plan, je monte les escaliers, les murs et les décors de la République sont froids, solennels, administratifs. J'ai du mal à comprendre comment rejoindre la 24e chambre. Je demande plusieurs fois de l'aide à des fonctionnaires ou à des magistrats. Ils sont aussi peu coopératifs qu'ils sont distants. Un avocat, finalement, m'indique le dernier escalier à prendre.

Lorsque je rentre dans la 24e chambre, j'aperçois Maud, seule, assise dans un coin. Ma sensation est indescriptible. Elle est venue sans sa sœur ni son père, sans avocat. Je m'installe sur un banc à une dizaine de mètres d'elle.

Elle ne me regarde pas.

Une demi-douzaine de personnes, en dehors de la juge, de la procureure, des avocats et de quelques fonctionnaires, sont présentes.

JUGEMENT

Devant nous, la juge rappelle les faits d'un autre procès : un jeune homme d'une vingtaine d'années a giflé une jeune femme – d'une vingtaine d'années aussi – dans un bar après lui avoir craché dessus. L'agresseur a ensuite frappé le petit ami de cette jeune femme. La cause première de la rixe n'est pas très claire. La juge insiste. Souleymane, dans son procès-verbal, évoque une injure raciste ; Églantine, elle, affirme qu'il l'a traitée de salope parce qu'elle avait refusé ses avances, elle lui aurait alors dit : « Non, mais ça va pas ? » Ce sont ces mots qui auraient ensuite déclenché l'agressivité de Souleymane. Le problème, c'est que Souleymane n'est pas là. La procureure le souligne : « Il n'a pas l'air d'être vraiment rongé par les remords… » L'avocat d'Églantine sourit et acquiesce. Son rictus, semble-t-il, agace la juge. Elle rappelle tout le monde à l'ordre et annonce le dossier suivant.

À cet instant Maud se tourne vers moi. Elle me regarde. Quelque chose brûle mes os. J'ai envie de lui faire signe, mais la juge nous appelle. Elle prononce son nom puis le mien.

Nous sommes convoqués devant la cour.

La juge nous regarde à peine, elle nous demande de confirmer que nous sommes là sans avocat. Elle rappelle ensuite de manière brève et factuelle les raisons de notre présence, puis invite Maud à venir à la barre.

Il y a un silence. Maud se lève, elle répond à toutes les questions relatives aux formalités administratives ;

sa voix est machinale. Je voudrais tellement savoir ce qui se passe en elle. La juge lui demande alors de confirmer l'ensemble de ses déclarations concernant les événements du 14 avril 2016 qui ont conduit à ma garde à vue et ceux survenus avant cette date.

Maud confirme tout.

La juge la remercie et reformule certaines de ses phrases. Elle veut lui faire comprendre qu'elle n'est en rien responsable de ce qui s'est passé, qu'elle n'a aucune culpabilité à avoir et l'invite à se rasseoir. Son audition a duré moins de trois minutes.

C'est à mon tour d'être appelé à la barre. Je me lève. Je passe devant Maud, je la regarde, j'ai envie de ralentir le réel.

Au début, la juge ne me parle pas, regarde des dossiers, prend son temps. Soudain, elle relève la tête. Je suis face à elle, debout. Elle me jauge. Elle me redemande si j'ai un avocat. Je lui réponds que non. Après un nouveau silence, encore plus solennel que le premier, elle me laisse seul face à la cour. Enfin, elle prend la parole : elle veut savoir si je confirme tout ce qui vient d'être dit par ma femme – enfin, bientôt mon ex-femme, précise-t-elle. Elle veut connaître mon point de vue et comprendre certaines de mes déclarations.

Je commence alors à répéter, à haute voix, que *oui, j'ai déjà donné un coup de poing dans le bras de Maud, dans la voiture, une fois, après une explosion de rage, alors qu'elle me hurlait dessus, et que ce coup, le lendemain, a causé un bleu sur son bras*. Lorsque je confirme ces faits, le jeune homme en robe noire, en face de moi à droite, à peine âgé de vingt-cinq et assis sur un siège en bois massif à gauche de la juge, baisse les yeux. Je confirme ensuite que *j'ai déjà donné plusieurs coups de pied dans son dos et sur ses cuisses, trois semaines après notre mariage, dans une chambre d'hôtel, après une longue dispute pendant laquelle je l'accusais d'être humiliante à mon égard, et que ce type d'agression s'est déjà reproduit une fois, un soir, à notre appartement, en 2015, au bout d'un quart d'heure de dispute.*

Je reconnais aussi les injures et les menaces de mort comme *je vais te tuer ou t'égorger si tu continues à crier.*

Je confirme que *je l'ai déjà attrapée plusieurs fois au cou, comme le jour de la garde à vue, et qu'une fois, je l'ai plaquée au sol et que j'ai levé mon poing au-dessus d'elle en lui hurlant dessus de manière totalement incontrôlée.*

Je confirme que *je ne l'ai jamais frappée au visage ni attrapée par les cheveux.*

Et je confirme que *je n'ai pas de problème au travail, ni avec l'alcool ou la drogue.*

Oui, j'ai conscience que tous ces comportements ne sont pas normaux, qu'ils mettent l'autre en danger et qu'en matière de violences conjugales, 95 % des gens récidivent.

Qu'est-ce qui prouve ici que je ne vais pas recommencer ? Nous sommes séparés désormais.

SALE BOURGE

Est-ce une réponse ? Je ne sais pas. Ce que je voulais dire...

La juge enchaîne : « Vous savez que les schémas de reproduction dans certains cas sont très puissants et qu'il a été prouvé que la violence physique génère chez l'enfant des stress majeurs, susceptibles d'altérer le développement de son cerveau, que la *pédagogie de la main* est passible de sanctions pénales de nos jours, qu'il est important que je me soigne, que la culpabilité que vous exprimez ne suffit pas, et que les propos de certains membres de votre famille qui sont relatés dans le dossier sont inadmissibles, qu'ils relèvent d'un autre temps, d'une autre époque, et que personne, en aucun cas, ne mérite d'être frappé. »

Oui, j'en ai conscience.

Je me tourne alors vers Maud. Je lui demande pardon devant tout le monde. Ma main et ma jambe droites tremblent. Je veux lui dire que je l'aime, mais je n'y parviens pas.

La procureure de la République entame alors son discours et requiert une peine à mon encontre.

On me demande ensuite de retourner à ma place. Lorsque je repasse près de Maud, elle baisse les yeux.

Une demi-heure plus tard, je suis condamné à quatre mois de prison avec sursis, assortis d'une mise à l'épreuve de dix-huit mois et d'une injonction de soins.

Les frais relatifs à l'administration de mon jugement sont de cent vingt et un euros.

À la sortie du tribunal, sous le ciel gris, Maud est là, dans le manteau blanc qu'elle portait le jour où je l'ai rencontrée.

Je n'ose plus avancer.

Elle vient jusqu'à moi, me prend dans ses bras. Elle a la délicatesse de ne rien dire.

Elle se dégage avec pudeur.

Son parfum s'évapore.

Elle n'est plus là.

Remerciements

Pour Julie et mes deux beaux-fils, pour leur soutien et leur patience.

Pour Robert Macia, Alix Penent et Tatiana Seniavine.

Pour mes parents et Gilles qui m'ont toujours encouragé.

Table

Enfance 11
Adolescence 51
Jeunesse 93
Mariage 127
Jugement 207

Cet ouvrage a été mis en pages par

<pixellence>

CET OUVRAGE
A ÉTÉ ACHEVÉ D'IMPRIMER
SUR ROTO-PAGE
PAR L'IMPRIMERIE FLOCH
À MAYENNE EN JUIN 2020

N° d'édition : L.01ELJN000932.N001. N° d'impression : 96279
Dépôt légal : août 2020
Imprimé en France